Siegfried Binder

Abwege der Liebe

Erzählung

Die Handlung dieser Erzählung sowie die davorkommenden Personen sind frei erfunden. Eventuelle Ähnlichkeiten mit realen Begebenheiten und tatsächlich lebenden oder bereits verstorbenen Personen wären rein zufällig.

Bibliografische Information der Deutschen Nationalbibliothek
Die Deutsche Nationalbibliothek verzeichnet diese Publikation in der Deutschen Nationalbibliografie;
detaillierte bibliografische Daten sind im Internet über www.dnb.d-nb.de abrufbar.

(C) 2019 Siegfried Binder
TWENTYSIX – der Self-Publishing-Verlag
Eine Kooperation zwischen der Verlagsgruppe Random House und BoD – Books on Demand

Herstellung und Verlag: BoD – Books on Demand, Norderstedt
Satz, Layout: Graphische Betriebe Staats, Lippstadt
Titelbild: stock.adobe.com; Eros - Psyche. Date: 1914, Archivist
ISBN 978-3-7407-5064-0

Prolog

Es ist schwierig, die Geschichte von Verbrechen nachzuzeichnen. In der Stille, Abgeschiedenheit und Vertrautheit wird dem Psychologen oft Vergangenes berichtet, gebeichtet und mit ihm besprochen, das ein Verbrechen zum Inhalt hat und beim Therapeuten häufig Abwehr, negative Affekte und Widerwillen evoziert. Doch der Verbrecher ist ein Mensch mit einem Schicksal, mit Konflikten, mit Gefühlen. Was er erzählt, ist keine weltfremde Konstruktion und keine Fiktion, sondern existentielle Realität. In der schönen Literatur ist das Versagen, die Unvollkommenheit, das Fehlverhalten und das Verbrechen das meistbehandelte Thema, weil darin die Schwäche und die Anfälligkeit des Menschen für das Böse und den Irrtum am schärfsten sichtbar werden. Es ist üblich, dem Leser diese Geschichten als spannendes Ratespiel, als Täterjagd, als

Erotik oder als Opfermythos anzubieten, um entsprechende Bedürfnisse zu befriedigen. Sie folgen einem Klischee und sind bald vergessen. Lesen bedeutet mehr, nämlich mit zu fühlen und zu verstehen, befördert die Lust zum Nachdenken und zur Innenschau, heißt, die Irrationalität und Absurdität unseres Daseins zu begreifen.

Die Parteilichkeit und Wertegebundenheit des Autors geht dabei verloren. Die Gefühlswelt seiner Protagonisten wird von ihm seziert und der Leser erfährt nicht, wie sehr er bei der Wiedergabe scheinbar unmenschlicher oder menschlicher Handlungen selbst emotional beteiligt war. Die vorliegende Erzählung beruht auf wahren Begebenheiten und ist in Teilen drastisch, roh und grausam.

Von daher bedrückend, sie intellektuell und emotional anzunehmen und zu verstehen.

I

Es war an einem Sonntag im Oktober des Jahres 1976, als sich Bernd entschloss, mit seiner Mutter ein Winzerfest in Königswinter aufzusuchen. Er wollte seiner Mutter eine Freude bereiten. Nicht aus Liebe zu ihr, sondern aus dem Bedürfnis heraus, von ihr dafür geliebt zu werden. Seit früher Kindheit an buhlte er darum, von ihr Gesten der innigen Verbundenheit zu erhalten. Er wohnte im Hause seiner Tante, die in Königswinter sesshaft war und nichts dagegen hatte, dass ihre Schwester einige Tage zu Besuch gekommen war. Die Mutter von Bernd war krank, sein Vater war bereits verstorben. Beim Frühstück bat Bernd freundlich und beschwörend:
„Mama, wir gehen heute Abend zusammen zu einem Winzerfest, es wird Dir gefallen."
Die Angesprochene tat erschrocken:
„Mein Kind, das ist nichts für mich. Ich

bin zu alt dafür. Geh' allein oder mit Tante Gretel und vergnügt Euch."
„Nein Mama, man ist nie zu alt für die Freuden des Lebens. Du würdest mir einen großen Gefallen erweisen."
„Mein Junge, was würde wohl Papa sagen. Es wäre ihm bestimmt nicht recht."
„Ganz im Gegenteil, er hört uns zu und schüttelt mit dem Kopf über Dich.
Er mochte das Vergnügen."
„Was werden wohl die Leute sagen, wir haben Papa erst vor 11 Monaten beerdigt."
„Was sollen sie schon sagen. In Schleswig kennen Deine Bekannten keine Winzerfeste. Erzähle ihnen, das seien eine Art Erntedankfeste."
Rede und Widerrede zogen sich eine Weile hin, dann gab sich Frau H. geschlagen.
„Aber nur bis zehn Uhr, dann gehen wir nach Hause."
Im Festsaal herrschte großer Trubel. Die Weinkönigin gab sich die Ehre, eine Band spielte auf, ein Showmaster unterhielt die Gesellschaft. Zu später Stunde wurde getanzt und gesungen. Man trank die Weine der Region und speiste, was die

Küche anbot.
Bernd und seiner Mutter wurde ein Tisch zugewiesen, an dem bereits eine ältere Dame und ein junges Mädchen saßen. Man stellte sich vor, kam ins Gespräch und fand sich nach einiger Zeit sympathisch. Frau M. begleitete ihre Tochter Steffi. Sie wollte ihre 18jährige Tochter im Auge behalten und nicht den weltlichen Gefahren aussetzen. Anfangs beobachtete Bernd das junge Mädchen misstrauisch. Er war darauf gefasst, bei ihr einen Ausdruck von Bosheit oder Verschlagenheit auf ihrem Gesicht zu entdecken. Aber sie zeigte davon nichts, war immer freundlich und unbekümmert ihm gegenüber. Sie ging öfter zur Tanzdiele, bewegte sich dort solo anmutig und graziös, klatschte in die Hände und sang ungezwungen die aufgespielten Schlager mit. Bernd gefiel, wie sie sich den Freuden der Situation hingab. Es bestärkte ihn in dem Gefühl, dass sie unkompliziert ist. Am Tisch tauschte man allgemeine Informationen aus und tratschte über dies und jenes. Bernd plauderte aus, dass er Kranken-

pfleger und 46 Jahre alt sei und sich zu einer Fortbildung in Königswinter befinde. Steffi fand alles spaßig, kicherte und lachte und erzählte frei und offen von sich. Sie sei Schwesterschülerin und werde in einem Essener Krankenhaus ausgebildet. Das wiederum belustigte Bernd ungemein:
„Es ist nicht zu glauben. Sie leben in Essen, dieser schmutzigen Kohlestadt. Ein Wunder, dass Sie blonde Haare haben und weiße Haut und nicht schwarz sind."
Es war nicht der Wein, der ihn zu dieser Äußerung veranlasste. Denn gleich darauf bekannte er:
„Und ich wohne in Gelsenkirchen. Es ist die schmutzigste Stadt des Ruhrgebiets. Dort arbeite ich im Marien-Krankenhaus. Wir teilen uns also das gleiche Schicksal."
Da fühlten sich die beiden sehr nahe und der Abend verlief in heiterer Stimmung. Man trank auf Brüderschaft, Bernd tanzte reihum mit den Damen. Wenn er zur Tanzfläche ging, stolzierte er wie ein Kranich, steif und ungelenk wie ein Kranich. Steffi musste ihn jedes Mal zum Tanzen auffordern, schmiegte sich beim Tanz an

ihn und lebte ihr Temperament ungestüm und bewegungsfroh aus. Gegen 23 Uhr bestand die Mutter von Bernd darauf, das Fest zu verlassen. Die vereinbarte Zeit sei gekommen. Bernd willigte ein und zögerte den Abschied noch einige Minuten hinaus. Steffi bat um die Telefonnummer von Bernd, dann verabschiedete man sich mit dem Versprechen, voneinander zu hören. Steffi war eine vitale Frohnatur. Sie lachte gern, hatte viele Freunde, zeigte sich jedermann gegenüber aufgeschlossen und hatte nichts gegen flüchtige Intimbeziehungen einzuwenden. Sie bewohnte in Essen eine kleine Wohnung und hielt an ihrem selbstgesteckten Lebensziel fest. Sie wollte Krankenschwester werden, später heiraten und zwei Kinder bekommen. Bis zur Erfüllung ihres Traumes genoss sie das Leben. Nahm die Gegebenheiten als selbstverständlich hin, freute sich über jede Kleinigkeit und ließ sich von Versagungen und Enttäuschungen nicht tiefer beeindrucken. Sie dachte nicht über sich nach, machte sich keine Gedanken über den Sinn des Lebens und forschte nicht

nach Ursachen, Bedingungen und schicksalhaften Zusammenhängen.
Sie meinte, es gebe eine höhere Macht, die unser Leben bestimme, hielt aber alle Religionen für überholt und überflüssig. Im Umgang mit Patienten war sie freundlich und hilfsbereit, ihre Vorgesetzten bescheinigten ihr Fleiß, Verlässlichkeit und Pflichtbewusstsein. Man konnte ihr nichts Böses nachsagen. Ihrem schlichten Gemüt und ihrer Bereitschaft, jedem dienstbar zu sein, verdankte sie einen breiten Freundeskreis, in dem sie Anerkennung fand. In ihrer Gegenwart fand Trübsal keinen Platz, Frohsinn und Lebenslust blühten durch sie auf wie unter wärmenden Sonnenstrahlen.
Zwei Monate nach dem Weinfest in Königswinter fiel ihr nach Dienstschluss der Zettel mit der Telefonnummer von Bernd zufällig in die Hände. Sie überlegte nicht lange und wählte die Nummer. Bernd meldete sich.
„Ja, wer ist dort?"
Sie war verwundert. Er meldete sich nicht mit Namen. Sie gab sich zu erkennen.

„Hier ist Steffi. Kannst Du Dich noch an mich erinnern?"

„Nein, kann ich nicht."

„Wir waren zusammen auf dem Winzerfest in Königswinter. Klickt es jetzt bei Dir?"

„Ja, natürlich, die Schwesternschülerin. Wie geht es Dir?"

„Gut. In sechs Monaten lege ich das Examen als Krankenpflegerin ab. Ich lerne fleißig. Und denke manchmal an das schöne Winzerfest zurück. Und wie geht es Dir?"

„Ich habe Ärger mit unserem Verwaltungschef und mit meinen Kollegen. Ich werde gemobbt, aber ich halte durch. Mir kann das Leben nichts mehr anhaben. Ich ärgere mich und schlage zurück."

„Das ist gut so. Lass Dir nichts gefallen. Im Leben muss man kämpfen, sonst geht man unter. Wie wäre es, wenn wir uns am Samstag in Essen treffen? Von Gelsenkirchen nach Essen ist es ja nur ein Katzensprung. Oder hast Du schon etwas anderes vor?"

„Nein, habe ich nicht."

„Prima, treffen wir uns um 15 Uhr auf dem Bahnsteig der S-Bahn?"
„Und was dann?"
„Weiß ich nicht. Es wird uns schon etwas einfallen."
Bernd versuchte sich an Steffi zu erinnern. Er hatte sie beim Winzerfest getroffen. Ihr offenes Wesen hatte ihn angezogen. Sie hatte einen knabenhaften Körper und sehr jugendliches Gebaren. Er wusste noch, dass er zugestimmt hatte, sich mit ihr zu treffen. Da er aber bereits zu den Gealterten zählte, sie zu den Heranwachsenden und von daher ein Verhältnis nicht in Frage kam, hatte er sein Versprechen schnell vergessen. Darüber hinaus belasteten ihn seine bisherigen Erfahrungen mit Frauen. Sie hatten seine Zuneigung ins Lächerliche gezogen und ihn früher oder später verlassen. Nun trat ein junger Mensch auf ihn zu, den Alternden, brachte sich selber dar, überraschte ihn und machte ihn stolz. Er entschloss sich, die Verabredung einzuhalten.
Wie vereinbart trafen sich Steffi und Bernd am Hauptbahnhof Essen, schlenderten

durch die Einkaufsstraßen der Altstadt, unterhielten sich in einem Café in der Limbecker Straße und sahen sich den neuesten Film im CinemaxX an. Es war ein auffälliges Paar. Er hatte eine Körpergröße von 188 cm, sie von 161 cm. Er war fast 25 Jahre älter als sie und hatte bereits ergraute Haare, sie hatte eine schlanke, kaum weiblich geformte Figur. Man hätte sie als Vater und Tochter halten können. Sie gingen Hand in Hand spazieren und keiner von ihnen hätte sagen können, wie es zu dieser Vertrautheit gekommen war. Es war kurz vor Mitternacht, als sie den Filmpalast verließen, angeregt von der Erotik des Films. Der dunkle Bezirk des Menschen war bei ihnen angefacht und sie schritten wie selbstverständlich zu ihrer Wohnung. Sie himmelte ihn an und fand alles, was er sagte, cool. Ihr gefiel dieser gesetzte Mann. Vor drei Jahren kannte sie einen gleichaltrigen Jüngling, dessen Jungenhaftigkeit ihr sehr anstrengend gewesen war. Zwischen ihnen gab es dauernd Streitgespräche und sie mochte nicht, dass er sie immer nur sehr kurz, wenn auch heftig, liebte. Jetzt war ihr Gesicht errötet von Wollust, ihr Körper signalisierte Begehren und sie schmolz mit jedem Schritt dahin wie der Schnee im warmen Regen. Sie suchte den Körperkontakt zu ihm und schaute mit verliebten Augen zu ihm auf. Das Pärchen erreichte das Wohnhaus, betraten ihr Reich und kamen durch einen kleinen Flur in das Wohnzimmer. Liebliche Bildchen, viele Nippes, verschnörkelte Möbel, Deckchen und zwei Vasen mit Mohn und Rosen, die einen Reigen miteinander zu vollführen schienen, zierten es. Ein Leuchter brannte und tauchte das Zimmer in dämmriges Licht. Sie schenkte ihm etwas Alkoholisches ein. Er wehrte ab, fühlte sich beklommen und wiederholte mehrmals, er dürfe seinen Zug nicht verpassen. Auch habe er tagsüber nur wenig gegessen und vertrage Alkohol nur schwer. Sie bereitete ihm zwei Wurstbrote zu. Während er aß, verschwand sie hinter dem Vorhang, der ihr Bett vom Wohnzimmer trennte. Er hörte sie hantieren, dann zog sie den Vorhang auf. Sie war splitternackt. Ihre Augen waren blank

und fordernd, ihm rieselte ein Schauer über den Rücken. Sie fragte:
„Was ist? Bist Du müde?"
Was sollte er antworten? Er brachte mühsam hervor:
„Ich bin etwas überrascht."
Er spürte sein Verlangen, ihm wurde heiß und kalt, er hörte:
„Nun komm schon."
Er tat es, ließ sich halb entkleiden, legte sich im Bett zu ihr. Er hatte das Gefühl, als ob er neben Alkohol noch hochpotente Aphrodisiaka eingenommen hätte. Er schaute in ihre Sternenaugen, streichelte ihr schwarzes Haar, befühlte mit Lust ihre Brüste, nahm ihr Gesicht in seine Hände, zog sie zu sich und küsste sie. Sie legte sich in Position und erwartete ihn. Eine große Unsicherheit überkam ihn, was er nun tun sollte. Er fürchtete, wie so oft in seiner früheren Ehe zu versagen. Ihr weicher Körper schmiegte sich an ihn. Unentschlossen und unsicher streichelten seine Hände den jungen Leib, wurden fiebriger bis zu jenem Punkt, an dem er willenlos und wie trunken im Strudel

leidenschaftlicher Begierde in wilder Verzückung in sie eindrang und sie liebte. Seine Gespielin verwandelte sich zu einem Engel, kam leise und zärtlich, Mund und Lippen zauberten ihm ungeahnte Kräfte, sie hob und senkte sich wie auf Flügeln, schrie atemlos in die Nacht und nahm ihm alle Angst und Schrecken der Vergangenheit. Der Liebesblitz hatte ihn getroffen. Sein Herz brannte, löschte alle bösen Erfahrungen aus und tauchte ihn in ein Meer inneren Glücks ohne Ufer. Am frühen Morgen, Steffi schlief noch, trat er wie neu geboren ins Leben. Ihm war, als ob er unter einem blühenden Baum läge und ein Vogel sänge, die Blumen dufteten und Insekten summten. Er sah den Himmel in blauer Reinheit und hörte himmlischen Gesang. So träumte er wohl eine Stunde lang vor sich hin, rührte sich nicht und fürchtete das Erwachen. Es kam und mit ihm die Profanität des Tages. Steffi fragte, wie er geschlafen habe, verließ das Bett und ging sich duschen. Danach warf sie sich einen Morgenmantel über und forderte ihn auf aufzustehen. Er duschte im

Bad, zog sich an und setzte sich an den Tisch in der Küche. Steffi hatte bereits das Frühstück zubereitet. Alles vollzog sich wie in geübter Routine eines alten Ehepaars. Er beobachtete sie, sie beobachtete ihn. Sie waren sich körperlich nahe gekommen, aber seelisch fremd geblieben. Sie fragte, um die peinliche Beziehungslosigkeit zu überbrücken:
„Heute ist Sonntag. Wollen wir etwas gemeinsam unternehmen?"
Er antwortete:
„Ja, gern. Was schlägst Du vor, Essen ist mir unbekannt."
„Nun, wir könnten zum Grugapark oder zum Folkwang Museum oder zur Zeche Zollverein gehen, oder …"
Sie überlegte noch, als er erklärte:
„Mich interessiert die Zeche Zollverein. Ich war noch nie unter Tage."
„Dann müssten wir nach Bochum zum Deutschen Bergbaumuseum fahren. Dort können wir an einer Bergbauführung teilnehmen, die von ehemaligen Bergleuten geleitet wird. Man wird durch Strecken in einer Tiefe von 20 Metern geführt und

bekommt einen Einblick in die Technik und Maloche der Kohleförderung."
„O ja, das ist etwas für mich. Es wird Zeit, dass ich die Arbeit der Menschen meiner neuen Heimat anschaulich kennenlerne."
Er zögerte und fügte für sie überraschend hinzu:
„Ich habe mich entschlossen, bei Dir zu bleiben. Wir passen zusammen, das hat die Nacht gezeigt. Ich werde die Wohnung und meine Arbeitsstelle in Gelsenkirchen kündigen. Deine Wohnung ist für uns beide groß genug. Mein Haushalt ist klein, ich bringe ihn in meinem VW unter."
Er lächelte, sie aber schaute ihn erschrocken an. Sie stand einen Augenblick wie betäubt, war irritiert und wusste nicht, wie sie sich gegen sein überfallartiges Diktat wehren sollte. Aber sie bewahrte Haltung. Er fuhr fort.
„Mir ist bewusst, dass meine Entscheidung für Dich etwas schnell kommt. Aber Du hast mich und mein Leben schlagartig verändert. Ich glaube an uns. Meine Welt ist weiter geworden, meine Seele spannt sich ins Unendliche und hat neue Kraft be-

kommen. Und das in einer Nacht. Sollten wir uns nicht verstehen, können wir uns wieder trennen. Das wäre kein Beinbruch. Einverstanden?"

„Ja, aber wir kennen uns noch nicht. So hoppla hopp, ich weiß nicht. Meine Eltern dürfen auch nicht erfahren, dass Du bei mir einziehst."

„Nein, nein, die wichtigste Voraussetzung ist erfüllt. Wir lieben uns. Oder? Wir müssen uns losketten von allen Konventionen, wir gehören zusammen."

Und ohne auf Antwort zu warten:

„Ich möchte mit meiner Mutter telefonieren. Sie soll von unserer Entscheidung erfahren. Darf ich?"

Er hastete zum Telefon und wählte eine Nummer.

„Mama, ich bin es. Ich wollte Dir nur mitteilen, dass sich die Sache mit der Klinik geklärt hat. Ich bin nach Essen in eine neue Wohnung umgezogen, werde mich morgen krank melden und später meine Kündigung einreichen. Wenn wir uns sehen, werde ich Dir alles erklären. Ich habe die Frau meines Lebens gefunden, ich bin

sehr froh, dass sich alle Probleme mit dem Krankenhaus erledigt haben. Bis bald."
Er legte auf und wendete sich Steffi zu.
„Und jetzt geht es nach Bochum."
„Ich muss erst meine Mutti anrufen und ihr mitteilen, dass ich heute nicht zu ihnen komme."
Sie übernahm das Telefon, wählte die Nummer und erzählte ihrer Mutter begeistert, und sprunghaft von ihrer neuen Bekanntschaft, überhörte dabei die Mahnungen der besorgten Mutter, dass Liebe kein Spiel sei und sie sich selbst nicht täuschen solle. Steffi war unfähig, mit ihren Sinnen zu begreifen, was vorging. Sie fühlte sich von einer Übermacht überwältigt und ließ alles pathisch über sich ergehen.
Auf der Fahrt nach Bochum blieb Steffi wortkarg. Ihre durchlebte Ekstase verflüchtigte sich, dann wieder hatte sie die sinnliche Vorstellungen, dass er mit ihr schlafe. Bernd bemerkte es nicht und erzählte ungezwungen aus seinem Leben:
„Ich bin Hans im Glück. Durch Dich. Das war nicht immer so. Meine Mutter ist sehr herzkrank, sie konnte nicht den Haus-

halt versorgen. Ich war für sie nur eine Bürde, die sie aus Pflichtbewusstsein trug. Sie war kalt wie ein Fisch zu mir. Mein Vater musste sie pflegen, musste alle Familienarbeiten bewältigen und seinem Dienst als Verwaltungsangestellter nachgehen. Er war wohl überfordert und das bekam ich zu spüren. Jede Unartigkeit, jede Schulschwäche, jedes Widerwort bestrafte er mit dem Rohrstock. Ich musste meine Hose herunterlassen und er schlug mit dem Rohrstock auf meinen nackten Hintern. Das kann ich ihm nicht vergessen. Ich wurde in meinem Leben immer gezüchtigt, und meist zu Unrecht. Mit 12 Jahren gab mich mein Vater zu einer Tante und einen Onkel nach Berlin. Bei ihnen hatte ich es gut, aber die Mitschüler hänselten mich als Landpomeranze, mieden mich und schlugen mich grundlos. Als ein Mitschüler wieder einmal während des Unterrichts mit dem Griffelkasten von hinten auf meinen Kopf schlug, drehte ich mich um, haute mit der Faust mit aller Kraft ihm auf die Nase, so dass das Blut spritzte. Der Lehrer tat, als hätte er nichts gesehen. Seitdem hatte ich meine

Ruhe und begriff, man darf sich im Leben nichts gefallen lassen. Mein Vater kam in Kriegsgefangenschaft, meiner Mutter wies man keine Wohnung zu und wir mussten in Ruinen hausen, hungerten und froren. Nach Gründung der DDR 1949 fuhr ich einmal zur Funkausstellung nach Westberlin. Ich nahm mir Prospekte mit. An der Grenze wurde ich kontrolliert, man fand das Werbematerial, inhaftierte mich und steckte mich in Untersuchungshaft. Nach zwei Wochen wurde ich aus der U-haft entlassen, ich haute in den Westen ab und trat in Escheburg eine Lehre als Hochfrequenztechniker an. In der Firma wurde ich nur ausgebeutet, ich musste alle Drecksarbeiten verrichten. Ich brach die Ausbildung ab. Mir gelang es mit vielen Schwierigkeiten, die Anerkennung als Fachlehrer für Kurzschrift zu erwerben. Man zahlte mir in diesem Beruf nur einen Hungerlohn. Ich kündigte bei diesen Arbeitgebern. Beim Arbeitsamt riet man mir, den Beruf des Krankenpflegers zu ergreifen. 1969 beendete ich die Ausbildung, im gleichen Jahr wurde ich auf offener Straße überfallen und beraubt. Dabei wurde mir ein Arm gebrochen. Im Krankenhaus wurde die Vergipsung falsch vorgenommen, mein Gelenk wurde falsch geformt, ich bekam eine Pseudoarthrose, die viermal nachoperiert werden musste. Ich habe fünf Jahre nicht arbeiten können, habe keine Rente erhalten, obwohl ich erwerbsunfähig war. Sie redeten sich alle heraus, diese Schweine, dieses Gesocks. Ich habe den Bundespräsidenten, den Petitionsausschuss, den Landesminister und andere angeschrieben, aber von keiner Seite Hilfe erhalten. Es sind alles Politschweine. Ich habe hier und dort kurzzeitig gearbeitet, es ging mir schlecht. Ich habe geheiratet, aber meine Frau betrog mich wie eine vorherige, flüchtige Bekanntschaft. Ich ließ mich scheiden, lebte kurzzeitig auf der Straße und kämpfte um meine Rechte. Der Regierungspräsident von Düsseldorf hat mich schließlich in ein Krankenhaus nach Gelsenkirchen vermittelt. Der dortige Verwaltungsleiter hat mich in die Dialyseabteilung geschickt. Dieser verlogene Mensch wollte mir einen möglichst schlechten

Job aufdrehen. Als ich auf der Dialyseabteilung vorsprach, teilte mir die Stationsschwester mit, ich solle mich auf der endokrinologischen Abteilung melden.
Dort sagte man mir, ich bräuchte mich nicht umkleiden, der Oberpfleger erwarte mich. Der empfahl mir brüsk, auf der Infektionsabteilung zu arbeiten, dort sei Platz, bei ihm nicht. Es war klar, man wollte mich nur abschieben. Ich störte ihre Kreise. Aber warum, errege ich Abscheu? Ich gab nicht nach, erfüllte meine Pflichten und erarbeitete mir hohes Ansehen. Es entstand eine Art Tätigkeitsneid auf mich. Ich durfte mit Einverständnis der Ärzte Patienten mit Mykose selbstständig behandeln. Die Oberschwester ertrug meine Sonderstellung nicht und vergoss Kübel von Dreck über mich. Ich würde mir zugewiesene Arbeiten nur unzulänglich erledigen, würde Erholungspausen über die vorgeschriebene Zeit ausdehnen, messe mir Kompetenzen an, die mir nicht zuständen und anderes. Am schlimmsten war, wenn sie mich mit einem ironischen Lächeln vor Arbeitskollegen und auch Patienten lächerlich machte.

Dann war mir, als ob ich vor Scham erbrechen müsste. Ich grub eine gewisse Zeit ihre Bosheiten in mich hinein und schüttete sie mit Schweigen zu. Doch eines Tages reagierte ich entsprechend. Ich sagte, sie sei eine neidische Ziege und dumme Kuh und sei nur aufgrund undurchsichtiger Umstände befördert worden. Sie verpetzte mich. Ich wurde zum Verwaltungsleiter zitiert, der forderte, dass ich mich entschuldige. Ich weigerte mich und er kündigte mir mit der Begründung, ich hätte die Oberschwester beleidigt. Ich stellte Strafantrag gegen ihn und nun habe ich durch Dich erkannt, wie unsinnig es ist, gegen Windflügel, gegen die Macht der Mächtigen zu kämpfen. Mir ist, als wäre mein bisheriges Leben nur ein schlechter Traum, voller Katastrophen und Erniedrigungen. Ich habe mich dagegen aufgelehnt und erst jetzt mit der Liebe zu Dir Frieden und innere Versöhnung gefunden."
Steffi unterbrach ihn.
„Wir müssen aussteigen, wir sind in Bochum angekommen."

Sie hatte die Lebensbeichte ihres Freundes geduldig angehört, spürte seine innere Verkrampfung, empfand Mitleid mit ihm und empörte sich über das ihm angetane Unrecht. Sie war überzeugt, dass sie ihn durch ihre Liebe und meinte eigentlich durch Mitgefühl, zu Ausgeglichenheit und innerer Ruhe geleiten könne. Und darin täuschte sie sich wie alle empathischen Frauen, die mit Zuneigung und Geduld den exzentrischen Mann nach ihrem idealen Mannesbild erziehen oder ändern wollen.

II

Den Museumsbesuch erlebte das Pärchen sehr ambivalent. Beide durften an einer Sonderführung teilnehmen. Jeder Besucher musste den Selbstretter und eine Getränkeflasche am Koppel anlegen und einen Helm mit Kopflampe tragen. Mit einem Förderkorb ging es auf eine Tiefe von 1200 Meter. Es war warm, ein kräftiger Luftzug fegte durch die Strecke. Der Führer, ein ehemaliger Bergmann, erklärte die Geologie des Berges, die Gesteinsschichten, die Ausbauarbeiten, die Gewinnung und Verarbeitung der Kohle. Das Auffahren von Strecken in zwei Vortrieben mit Vollschnittmaschine, die Bohr- und Sprengarbeiten wurden vom Bergmann lehrreich und humorvoll dargestellt. Steffi hielt sich dicht bei ihm auf, zeigte sich interessiert und verlor Bernd aus den Augen. Der stolperte der Besuchergruppe hinterher und dachte nach, auf welch wundersame Weise seine lebenslang ersehnte Hoffnung sich erfüllt hatte. Steffi war der Mensch, der in sein bisher trostloses Leben Freude gebracht hatte. Bisher waren alle Menschen Masken, die ihn nicht verstanden oder nicht zu lieben vermochten, weil sie Rollen spielten und nicht identisch zu sein wagten. Selbst seine Mutter nahm ihn nicht emotional an, zeigte sich kühl und abweisend, auch wenn die Wogen des Lebens ihn in Notlagen brachten. Diese Erfahrungen seines Lebens hatten ihn mit Wut und Menschenverachtung durchdrungen. Der Unrat, den man nach ihm geworfen hatte, war wie eine blutende Wunde, die nicht stillen wollte und ihn sich selbst oft verfluchen ließ. Doch nun war er dieser Dunkelwelt entronnen, fühlte nicht mehr den hassenden Schmerz, der seine Seele zerriss.

Mochte auch die Welt, die ihn umgab, ohne Mitgefühl und Anteilnahme sein, nun begriff er sich als Mensch, der zwar in der Vergangenheit im Dunklen aufgewachsen war, doch jetzt zu innerer Ausgeglichenheit gefunden hatte. Steffi war

der Quell des Brunnens, dessen Wasser ihn verjüngten und ihm sinnliche Freuden schenkten.
Die Besichtigung des Bergwerks dauerte 90 Minuten, dann fuhr die Gruppe ans Tageslicht. Steffi und Bernd gingen zu Fuß zum Hauptbahnhof Bochum. Er hatte seinen Arm um ihre Schultern gelegt. Er stellte für sich fest, dass sie klein und zerbrechlich war. Er fragte, was sie besonders beeindruckt hätte. Sie erzählte von den glitzernden schwarzen Steinen, von den riesigen Maschinen und von ihrer Beklommenheit, als sie in tiefer Nacht unter der Erde eingeschlossen war.
„Es war für mich bedrohlich, ringsum Dunkelheit, nur das fade Licht unserer Lampen. Ich meinte, dass ein Geist mich würgt und fühlte mich wie in einer Totenkammer eingekerkert. Schweiß trat aus allen Poren meines Körpers und ich musste mich setzen. Diese Finsternis im Stollen war für mich der Vorhof zur Hölle. Der Bergmann hat meine Not bemerkt, hielt sich in meiner Nähe auf, lenkte mich ab und hat nur zu mir gesprochen.

Ich vergaß meine Bedrängnis und hing an seinen Lippen. Er imponierte mir, ich fand ihn großartig."
Steffi wechselte abrupt das Thema und erzählte, was sie wohl schon öfter erzählt hatte. „Das Tragische ist eine elementare Macht, die unser Leben zerstörend gestaltet. Das habe ich einmal bei einem klugen Vortrag gehört. Aber der Redner hatte das Wichtigste vergessen. Eine Stunde kann das Glück des ganzen Lebens sein, ein Augenblick alles Glück zu Grunde richten. Ich bin überzeugt, dass das Leben immer ein gutes Ende findet. Schau, wir beide kamen aus der Finsternis und sind zur Sonne empor gestiegen. Ein schöner Tag hat uns erwartet. Wir wurden von den Strahlen der Sonne geblendet. Ich hörte die Lieder der Vögel und sah das Grün der Bäume. Die Schönheit der Welt wurde mir bewusst. Und das erinnert mich an meine Großmutter. Sie war Vegetarierin, eine sehr konsequente Vegetarierin. Sie betonte immer wieder, dass sie keine Tiere töten könnte. Für sie war das Essen eine Art Religionsersatz, was ihr Selbstvertrau-

en gab. Nur Vegetarier durften ihre Wohnung betreten. Sie betonte immer wieder, dass Fleisch der Zucker des Teufels sei. Als sie von ihrem Verlobten schwanger war und zwei Tage vor der Eheschließung erfuhr, dass ihr zukünftiger Ehemann ihr vorgetäuscht hatte, dass auch er Vegetarier sei, hat sie die Hochzeit sang- und klanglos platzen lassen. Sie könne nicht mit einem Mann zusammen leben, der Tiere tötet und das Fleisch von Leichen genüsslich verzehrt. Allein bei dieser Vorstellung müsse sie sich übergeben. Sie behauptete auch, dass Leichenfresser böse, brutal und treulos seien.

Nach der Trennung von ihrem Exverlobten bekam sie einen Sohn, meinen Vater, und heiratete einen Vegetarier aus ihrem Verein. Einen guten Menschen. Und vergriff sich. Der ging nach der Hochzeit schamlos fremd und behauptete frech, er brauche nun einmal frisches und lebendes Fleisch. Er aß natürlich kein Fleisch und belehrte jeden, wer Fleisch esse, werde früher oder später krank und sei charakterschwach. Er halte sich deshalb von

solchen Leuten fern. Er soff Schnaps wie ein Kamel Wasser nach einem Ritt durch die Wüste, war dann reizbar und zettelte Händeleien an. So vergiftete er das Familienklima. Als meine Oma ihm seine Untreue vorhielt, verprügelte er sie so oft, bis sie schweigend hinnahm, was immer er tat. Bei einem Streit über die richtige Ernährung wurde er von einem andersgläubigen Sektierer so schwer verletzt, dass er an den Folgen der ihm zugefügten Verwundungen starb. Meine Großmutter heiratete bald nach seinem Tode ihren ersten Verlobten, dessen Lieblingsspeise Wiener Schnitzel war. Die erste Liebe ist immer die schönste.
Sie wurde mit dem zuvor abgewiesenen Leichenfresser glücklich. Er war sanft, nachgiebig und vor allem treu, machte ihr fünf weitere Kinder und sorgte für sie vorbildlich. Liebe ist ebenso unzuverlässlich wie das Wetter. Nur der Tod ist gewiss. Man kann sich auf ihn verlassen. Siehst Du, Bernd, so ist das Leben. Wir fahren mit unseren Vorurteilen in die Finsternis oder steigen in die Höhe. Sie lehren uns

das Fürchten oder machen uns Mut. Sie machen uns dumm oder durch Erfahrung klug, führen uns in die Irre oder zur Erkenntnis. Unser Leben ist ein ständiges Auf und Ab, ein Hin und Her. Es ist unberechenbar."
Steffi lachte herzhaft und erzählte noch weiteres aus ihrem vergangenen Alltagsleben. Er hörte aufmerksam zu, unterbrach nicht ihren Redefluss und war hochgestimmt und wohlgemut. Sie spürte seine Zuneigung körperlich und fühlte sich beschwingt. Sie kamen im Halbdunkel in Steffis Wohnung an, aßen eine Kleinigkeit. Ihr junges Blut siedete. Sie sagte:
„Komm!"
Er küsste sie, hob sie an und trug sie zum Bett.
Bernd fand sehr schnell eine Anstellung als Krankenpfleger in einem Krankenhaus in Essen, in dem Steffi ebenfalls arbeitete. Das Leben beider schien einen geordneten Gang zu nehmen. Beide beteuerten sich, dass man sich liebe, heiraten und eine Familie gründen wolle. Bernd wähnte sich am Ziel seiner Wünsche. Er fühlte sich nicht

mehr wie ein Hund, der vom Leben geprügelt wird. Er redete sich ein, dass der Altersunterschied zu Steffi, es waren nahezu 25 Jahre, bedeutungslos seien und sich die abweisende Einstellung der Eltern von Steffi ändern werde, wenn sie ein Enkel bekämen.
Bernd waren alle Spannungen zuwider, die sein geistiges Spießertum zu stören geeignet waren. Er wollte, dass sein Leben glatt und widerspruchslos verlaufe. Die Wirklichkeit kam seinem Wunsche nicht entgegen. Nicht nur die äußeren Umstände, zu denen er wesentlich beitrug, sondern auch seine eigenen Verwirrungen standen seinem Begehren entgegen. Jeder Mensch braucht etwas Höheres, zu dem er aufblicken kann, eine Idee, einen Menschen, eine Sache, die ihm Orientierung und Halt gibt und der er sein Leben weihen kann, sodass für ihn die Realität möglichst spannungslos verläuft. Dann ist die Naturkatastrophe, die menschliche Enttäuschung, der schwere Schicksalsschlag erträglicher. Die Erfahrung hatte Bernd gelehrt, dass hinter jedem Busch Gefahr-

en lauern, hinter jedem Lächeln des Nächsten sich die Absicht verbirgt, ihn zu täuschen und die Heimtücke all gegenwärtig ist. Er war überzeugt, dass seine seelische Konstitution normal und unauffällig sei. Wer von seinen Maßstäben abwich, war ihm unheimlich.

Den Anderen, der anders reagierte als er erwartete, betrachtete er als potentiellen Gegner. Wo sein Denken, seine Vorstellungen, sein Verhalten in Frage gestellt wurden, glaubte er sein Sosein bedroht. Er zog sich dann zurück und kapselte sich ein. Er verhielt sich wie eine verdrehte Schraube, schief und quer, wurde zu einem Solotänzer ohne Mitsein. Über die Ursachen seines missglückten Daseins machte er sich keine Gedanken. Er litt am Leben und ließ andere an sich leiden. Sein egozentrisches Lebensgefühl verschloss ihm den Blick auf die Vielfalt der Welt, er blieb in sich eingemauert. Die Tage verrannen ihm sehr schnell. Vor dem Spiegel stieß er auf die banale Tatsache, dass er eine kleine Glatze bekam. Er machte aus dem Haarausfall ein Lebensproblem, sprach aber nie mit einem Menschen darüber, auch nicht mit Steffi. Sie hätte es ihm als Schwäche auslegen können. Er konnte nicht vertrauen und konnte sich deshalb auch nicht aus der Perspektive des Außenstehenden wahrnehmen und korrigieren. Zu seinen charakteristischen Wesenszügen gehörte die Entfremdung, die Erstarrung, die Erkaltung. Sein verschrobener und absurder Weltbezug wäre wohl mit hingebender Liebe zu heilen gewesen, denn Zuwendung und Verstehen ist das einzige Heilmittel gegen eine solch verfehlte Gestaltung des Daseins und geeignet, ein tragfähiges Miteinander aufzubauen. Ja, er liebte Steffi, aber nur so, wie er geliebt zu werden hoffte. Sie sollte ihm Mutter und Geliebte zugleich sein, fühlte sich ihr symbiotisch verbunden und forderte von ihr barsch, herrisch und selbstbezogen liebende Selbstaufgabe. Sie sollte nur für ihn da sein, ihn bemuttern und bewundern. Zwischen ihr und ihm sollte kein anderer Platz haben. Jeden Kontakt mit einer anderer Person deutete er als Verrat, Vertrauensbruch, Untreue. Er machte ihr deshalb oft grundlos Vorhalte. Er las aber auch jeden Wunsch von ihren Augen ab und erfüllte ihn. Er beherrschte nicht seine Eifersucht, nein, die Eifersucht beherrschte ihn, nahm ihm den Verstand und diktierte ihm sein Verhalten. Die lebensfrohe, vitale und jugendliche Steffi sonnte sich zunächst in seinem Balzverhalten und ließ seine unberechtigten Vorwürfe über sich ergehen. Dann wurde sie seiner Schöntuerei und nicht endenden Vorhalte überdrüssig und wehrte sich mit Worten gegen seine Unterstellungen. Sie war nicht bereit, sich selbst aufzugeben und nicht stark genug, ihn mit Geduld und Nachsicht aus seinem paranoiden Gefängnis zu befreien. Sie litt unter dem Gift seiner Eifersucht, weinte, grollte und lehnte sich innerlich gegen ihn auf. Zunächst spielte sie ihm die Verliebte vor, dann flirtete sie aus Trotz erst recht mit anderen Männern, kleidete sich aufreizend, ließ sich von Arbeitskollegen und Ärzten einladen, besuchte mit Freundinnen Diskotheken bis zum frühen Morgen und hatte auch one night stands. Sie verabredete sich mit Männern, hatte Affären und gab ihm gegenüber vor, ihre Eltern besucht zu haben. Sie gerierte sich wie eine moderne, selbstbewusste Frau, die nach einem ebenbürtigen Partner Ausschau hält, Liebesabenteuer liebt, nicht aber die mumifizierte Fehlhaltung ihres Partners. Die Vorstellung, dass man steife Skulpturen dem pulsierenden Leben vorzieht, war ihr wesensfremd.

Die unterschiedlichen Dienstzeiten im Krankenhaus von ihr und Bernd gaben ihr viel Freiraum, sich ihren eigenen Lebensstil aufzubauen. Sie liebte jene Länder, wo die Sonne aufgeht, die Luft schmeichelt und das salzige Meer den Liebesdurst kühlt. Sie konnte dem verführerischen Gesang der dortigen männlichen Sirenen nicht widerstehen, fuhr allein oder in Begleitung von Freundinnen nach Italien, Spanien oder Mallorca und ließ einen leidenden Lebensgefährten zurück.

Bernd war ihr unerträglich geworden, sein Klammern und sein Besitzanspruch auf sie. Sie wollte frei sein, ungebunden und sich verwirklichen können, wie die Frauenpresse es empfiehlt und propagiert. Er

hielt ihr vor:
„Du siehst aus wie eine Dirne!"
Sie reagierte patzig:
„Ich gefalle mir und ich gefalle den Männern."
„Du hast nichts dagegen, mit anderen Männern eine Nacht zu verbringen?"
„Nein, Hauptsache, sie sehen gut aus und sind keine Nieten."
„Du treibst es mit mehreren gleichzeitig?"
„Hast Du etwas dagegen?"
Nach einem solchen Wortgefecht bereute er sein Verhalten. Er brachte ihr Blumen nach Hause, sie raffte den Strauß mit einer heftigen Bewegung zusammen, warf ihn vor seine Füße, lehnte sich fast gleichzeitig an seine Schulter und schluchzte:
„Ich weiß nicht, was es ist. Ich ertrage es nicht länger."
Er hielt sie fest und fragte:
„Bist Du glücklich?"
„Ich bin glücklich, ja, ich bin glücklich. Aber ich weiß nicht mehr, wann unser Glück seinen Anfang genommen hat und wann es aufhört!"
„Das ist doch ganz einfach. Es hat mit Dir

begonnen und endet mit Dir. Ich kann ohne Dich nicht leben."
Solche Ereignisse arteten in immer größere Ungeheuerlichkeiten aus, schockierten beide, provozierten gekränkte Wut und manövrierten sie in eine ausweglose Falle. Die Trennung lag in der Luft. Steffi wagte allerdings nicht, den ersten Schritt eines Beziehungsbruchs zu gehen. Sie trieb ihre Untreue auf die Spitze und hoffte, er würde mutig die Konsequenzen ziehen und sich von ihr lösen. Er tat es nicht. Wenn sie ausging, wartete er auf sie bis in die frühen Morgenstunden. Es waren für ihn entsetzliche Stunden des Geduldens. Die Minuten schlichen dahin, er achtete auf jedes Geräusch. Hörte er in der nächtlichen Stille ein Auto, geriet er in freudige Erwartungsspannung. Er lauerte an der Tür und war enttäuscht, wenn Steffi nicht mit leichten Schritten die Treppen nahm. So durchlebte er öfter halbe Nächte ein Wechselbad von Erwartungsfreude und ohnmächtigen Zorn. Er empfing sie dann vorwurfsvoll oder um Zärtlichkeit heischend:

„Steffi, warum bleibst Du so lange fort. Ich warte schon Stunden auf Dich. Was hast Du gemacht, wo warst Du? Denkst Du nicht an mich?"
Seine Versuche, sie zu umfangen, liebevoll und versöhnlich, lehnte sie schroff ab. Ihr war sein stammelndes Gejammer, wie sie es etikettierte, zuwider. Sie achtete nicht auf seine beschwörenden Worte und fragte sich, was sie in seine Arme getrieben hatte. Ob es die Hormone, ihre Vereinsamung, ihre Charakterschwäche, oder die leidenschaftliche Schwärmerei eines unerfahrenen Mädchens gewesen war, die Lust am Ungewissen oder sie eine Gelegenheit nicht versäumen wollte. Oder war es der alltägliche Gang vieler scheiternder Beziehungen? Sie kannte ihn nicht, hatte geglaubt, er sei der Beste von allen bisherigen Liebhabern und hatte sich darin geirrt wie so viele andere Frauen auch. Nun hoffte sie insgeheim auf eine günstige Gelegenheit, sich von ihm trennen zu können. In Situationen, in denen sie ihn barsch von sich wies, kam es vor, dass er seine Beherrschung verlor. Aus heiterem Himmel

brüllte er, wurde ausfallend und schlug sie, nannte sie eine Hure und ein Flittchen, schleifte sie zum Bett und nahm sie mit Gewalt. Mit Bestürzung begriff sie, dass er in bestimmten Situationen gewalttätig werden konnte, vielleicht sogar situativ seinen Verstand verlor, ohne dabei ihren Anteil an seinem Verhalten in Betracht zu ziehen. Sie begann, sich vor seiner Unberechenbarkeit zu fürchten. So standen sich in der Endphase dieser Partnerschaft Rücksichtslosigkeit, Tyrannei, Angriff und Unterdrückung seinerseits und Zurückweisung, Abwehr, Ablehnung und Angst ihrerseits gegenüber.
Als Steffi nach einer vierzehntägigen Urlaubsreise aus Südfrankreich zurückkehrte, er hatte einen freien Tag, verließ sie in aller Frühe das Haus und kehrte nach zwei Stunden zurück. Bernd lag noch im Bett. Sie setzte sich auf die Bettkante, sie schien ihm irgendwie verändert. Sie gab sich einen Ruck:
„Bernd, ich war beim Frauenarzt, ich bin im sechsten Monat schwanger, wir bekommen ein Kind."

Er riss die Augen auf, wurde blass, schüttelte verneinend den Kopf und umarmte und küsste sie dann.

„Liebste, es ist die Vollendung meines Glücks. Jetzt werden wir heiraten, möglichst bald. Wird es ein Junge oder Mädchen, ach, am besten, ich gehe noch heute zum Standesamt. Im wievielten Monat bist Du? Was werden wohl Deine Eltern sagen. Heiraten wir nur standesamtlich oder auch kirchlich?"

Die Sätze von Bernd überschlugen sich und sie begriff, dass er sie tatsächlich in seiner Art liebte. Eine Anwandlung von Gewissen regte sich in ihr. Sie wusste, dass Bernd nicht der Vater des Kindes war, wusste aber auch nicht, wer sie geschwängert hatte, wo und wann. In der Zeit der Empfängnis hatte sie mehrere Liebhaber, die sie teils noch nicht einmal namentlich kannte.

Die Minuten tropften träge dahin und wollten nicht vergehen. Endlich reagierte sie. Ohne auf seine Fragen einzugehen, sagte sie mit heiserer Stimme und klopfendem Herzen:

„Sei mir nicht böse, ich werde Dich nicht heiraten, auch wenn ich von Dir ein Kind erwarte. Wir harmonieren nicht. Es ist besser, wenn wir auseinander gehen. Ich habe lange darüber nachgedacht. Mein Entschluss steht fest."
Bernd war blass geworden, der Mund tat sich weit auf, als wolle er einen Schrei ausstoßen. Es kam aber kein Laut über seine Lippen. Er betrachtete sie einige Sekunden verständnislos. Steffi hatte sich auf einen Tobsuchtsanfall von Bernd vorbereitet und sich bereits einen Fluchtweg ausgedacht. Bernd sank auf das Kopfkissen zurück und stammelte:
„Du weißt nicht, was Du sagst. Es sind die Schwangerschaftshormone, die Dich verwirren."
Er stand auf, zog sich schweigend an, sie begab sich in die Küche. Sie beschäftigte sich mit Aufräumarbeiten und warf ihm flüchtige Blicke zu. Er verließ wortlos die Wohnung, irrte ziellos durch die Straßen, ohne auf die Umgebung zu achten. In ihm hämmerte es: „Ich lass sie niemals gehen, niemals. Sie gehört mir."

Nach drei Stunden hatte er sich abgeregt und fühlte sich fähig, mit Steffi vernünftig zu reden. Er wollte ihr sagen, dass alles doch nur ein Missverständnis sei. Wenn er sich falsch verhalten habe, so tue es ihm leid. In seiner Vorstellung würde sie ihm vergeben, sie würden sich dann umarmen und die Episode gehöre der Vergangenheit an. Er betrat die Wohnung, aber traf Steffi nicht an. Auf dem Küchentisch fand er einen Zettel:

„Ich bin bei meinen Eltern, bis Du eine neue Bleibe gefunden hast. Solange darfst Du in meiner Wohnung bleiben."

Am nächsten Tag fing er Steffi im Krankenhaus ab. Er zerrte sie in einen Besucherraum.

„Glaubst Du wirklich, dass wir nicht miteinander leben können? Wir lieben uns doch, was habe ich falsch gemacht? Wir bekommen ein Kind, wir wollten es beide. Lass uns heiraten und diese Episode vergessen!"

„Nein, Du bist ein rücksichtsloser Egoist ohne Feingefühl und ohne Einfühlungsvermögen. Du denkst nur an Dich, forderst nur für Dich, behandelst mich wie Dein Eigentum. Und Du wirst Dich auch nicht ändern. Ich werde unser Kind allein erziehen."

„Bedenke, was es bedeutet, alleinerziehend zu sein. Wer soll für das Kind aufkommen? Es hat keinen Vater und ist nichtehelich."

„Na wer wohl? Du bist der Vater und Du wirst zahlen müssen."

„Ich werde nicht zahlen. Du willst das Kind haben, es war Dein Vergnügen."

„Das werden wir sehen."

Steffi stand abrupt auf und verließ mit hochrotem Kopf den Raum.

Bernd gab nicht auf. Er verstand es, sie in den nachfolgenden Tagen zu treffen, verwickelte sie in Streitgespräche und machte ihr unannehmbare Vorschläge. Man könne das Kind zur Adoption freigeben, es ihrer Familie übergeben oder es abtreiben lassen und dann wieder zusammenziehen. Sie lehnte seine Vorschläge empört ab.

„Du bist verrückt. Ich töte keine Tiere und soll mein Kind töten? Ich bin eine Frau und werde das Kind in die Welt bringen und

damit Liebe und Vertrauen. Das ist meine Bestimmung. Und Du wirst mich daran nicht hindern, denn Gewalt und Hass erzeugen nur Unglück und Leid."
Sie drehte sich um und entfernte sich mit eiligen Schritten. Er blieb versteinert stehen und blickte ihr mit aufgerissenen Augen nach. Sie war schön, selbst im Zorn war sie schön. Nicht wie eine Statue und wie eine versteinerte Göttin, sondern wie ein blühender Baum voller Lebenskraft, der reife Frucht verspricht. Sie war nicht mehr das Mädchen, das er kannte. Sie hatte sich verändert und war in eine Welt eingetreten, die er nicht verstand.
Er fühlte sich wie abgestandener und zu Essig gewordener Wein, den man nicht mit Vergnügen trinkt, sondern als widerlich mit Abscheu ausspeit. Als er Steffi einige Tage später zufällig auf der Straße traf, stieß er sie nieder und trat mit den Füßen heftig auf ihren gewölbten Leib. Er dachte: „Sie hat mich verlassen. Einfach verlassen und ich habe ihr nichts angetan. Sie ist das einzige, was mir in all den Jahren geblieben ist."

Und brüllte:
„Ich bin Deine Liebe, Dein Vertrauter und Beschützer, ich bin es und kein anderer!"
Passanten intervenierten, er flüchtete. Von seinem Verhalten unbeeindruckt, suchte er Steffi zu Weihnachten bei ihren Eltern mit Trauringen auf und erklärte dreist:
„Ich bin ein Ehrenmann und bitte Dich und Deine Eltern um Deine Hand. Ich werde ein fürsorglicher und treuer Ehemann sein und für das Kind sorgen."
Er wurde mit Schimpf aus der Wohnung gewiesen, noch bevor er sie richtig betreten hatte. Auch das hielt ihn nicht ab, ihr Blumen zu schicken und ihr Briefe zu schreiben:
„Meine trotz allem noch geliebte, ewig unvergessene Steffi! Kein Mensch kann ermessen, wie tief traurig ich bin, dass Du mit Deinem Kind im Bauch mich herzlos verlassen hast. Im November haben wir uns lieben gelernt. In all den Monaten hatten wir schöne Erlebnisse miteinander. Wir wohnten innig zusammen. Fast täglich, am Tage, in der Nacht, vor unserem Dienst am Morgen verkehrten wir leiden-

schaftlich bis zu unserer totalen Befriedigung und Erschöpfung. Wir wollten uns niemals trennen. Ich weine immer Tag und Nacht um Dich, um unsere gedemütigte Liebe, um unsere Zukunft. Nach Deinem Urlaub sagtest Du mir, dass das Baby ein schnelles, ungewolltes Partygeschenk für uns ist, Du wolltest es auch nicht abtreiben lassen, weil es von mir wäre. Wenn Du noch einen Funken Anstand und Gerechtigkeit in Dir hast, dann sorge bitte dafür, dass das Kind wenigstens adoptiert wird, noch besser wäre es, Du würdest es abtreiben. Denn Dein ausgeführter seelischer Betrug an mir bis zur Erschleichung einer Schwangerschaft zerstört unser Glück, ganz davon abgesehen, dass Du mich auch noch lebenslänglich finanziell ruinierst. Willst Du mir das wirklich antun? Du weißt, dass ich Dich ewig liebe und auf ein liebes Wort von Dir und Verständnis warte. Glaubst Du, dass Du Gott eine Freude machst, wenn Du weiter so schlecht an mir handelst? Ist das keine Sünde? Wann hilfst Du mir aus der Verzweiflung, in der ich wie in einem töd-

lichen Morast immer tiefer sinken muss."
Sie antwortete nicht.
Er wechselte den Ton, stellte seine Vermutungen als sicheres Wissen dar und versank immer tiefer in den Morast seiner paranoiden Gedankenwelt:
„Meine liebste, ewig verbundene Steffi, ich bin einsam und höre Deine Liebesworte, die mir Wunder versprachen und mir das Dunkel der Welt erhellte. Ich glaube noch immer daran. Ich verzeihe Dir. Ich habe Dich immer wieder gewarnt. Vor dem zurechnungsunfähigen, senil aus dem Munde seibernden Prof. G., mit dem Du in der Ambulanz gefickt hast; vor dem verklemmten, ungerechten, unfähigen Zwerg und faulen Oberarzt B., der Dich an jeder Stationsecke im Stehen von hinten vögelte; vor dem hinterhältigen, ständig blödelnden Stationspfleger T., mit dem Du in Urlaub gefahren bist. Soll ich Dir alle Hurenböcke aufzählen, mit denen Du es getrieben hast? Du hast mir leidenschaftliche Liebe vorgeheuchelt. Aus ehrlicher, herzlicher, inniger Liebe habe ich zu allem geschwiegen und nicht erkannt, dass Du

mich von vorn herein in jeder Hinsicht sexuell und finanziell ausnutzen wolltest. Du hast Dich auf meine Kosten in Frankreich schwängern lassen, damit ich für das Kind 27 Jahre lang zahle. Ich fordere Dich auf: Entsorge das Kind, kehre zurück, denn wir sind für einander bestimmt...".
Um seinem Begehren Nachdruck zu verleihen, stellte Bernd einen Strafantrag gegen Steffi bei der Staatsanwaltschaft Essen wegen „Heiratsschwindels, Beischlaferschleichung, Notzucht, Schwangerschaftserschleichung und Alimentenerpressung" und begründete seinen Antrag u.a. wie folgt:
„Sie überredete mich zu einem Einkaufsbummel und lockte mich danach in ihre Wohnung. Dort reichte sie mir verschiedene Getränke, die zur Stimulierung des Geschlechtstriebes, zur Vernunftbegrenzung und zur willenlosen Abhängigkeitsmachung bestens geeignet waren. Nachdem die Wirkung der Getränke einsetzte, zog sie sich nackt aus, riss mir die Kleidung vom Leibe und warf mich auf ihr Bett.

Sie führte mein Glied in ihre Scheide ein und umklammerte mich reitend so lange, bis sie mein Sperma in sich hatte. Willenlos gemacht, musste ich diese Vergewaltigung über mich ergehen lassen. Im Laufe der Zeit machte sie mir viele Heiratsversprechen, ließ mich fast alles einkaufen, verlangte Fahrten ins Kino, ins Theater, in Restaurants, nach Holland. Sie ließ sich Schmuck schenken und lieh sich von mir Geld, das sie mir nie zurückzahlte. Dann teilte sie mir eines Tages mit, dass sie sich selbst mit meinem Samen geschwängert hätte. Sie wolle mich niemals heiraten, sie hätte erreicht, was sie angestrebt habe. Ich solle baldmöglichst aus ihrer Wohnung verschwinden und hätte zukünftig Alimente zu zahlen. Ich kann diese Schlechtigkeit von ihr nicht glauben. Ich will die Beklagte trotz allem heiraten, ich liebe sie über alles und hoffe, dass sie durch diese Klage zur Vernunft findet. Wenn nicht, fordere ich Schmerzensgeld und die Anordnung eines sofortigen Schwangerschaftsabbruchs wegen Notzucht."

Die Klage von Bernd wurde von der Staatsanwaltschaft als unbegründet zurückgewiesen. Nachdem er den Ablehnungsbescheid erhalten hatte, suchte Bernd umgehend einen Arbeitskollegen auf, mit dem er sich gut verstand und dem er jede Schlechtigkeit zutraute. Er kam ohne Umschweife auf sein Anliegen zu sprechen.
„Frieder, Du kennst meine Situation. Steffi hat sich von mir getrennt, obwohl sie ein Kind von mir erwartet. Das behauptet sie. Aber das Kind ist nicht von mir. Darauf kann ich schwören. Sie hat herumgehurt und braucht jetzt einen Kindesvater. Ich soll sie und das Kind aushalten. Sie braucht einen Zahlmeister. Sie hat mich 14 Monate ausgenutzt und ausgebeutet und will damit in alle Ewigkeit fortfahren. Was soll ich tun?"
Frieder überlegte nicht lange.
„Mein Freund, bist Du Dir sicher, dass Du nicht der Vater sein kannst?"
„Das bin ich, aber ich schließe nicht aus, dass diese Hexe mit List und Täuschung erreichen wird, dass ich zum Kindesvater erklärt werde."

„Das glaube ich nicht. Warte ab, bis das Kind zur Welt kommt. Nennt sie Dich als Erzeuger, bestehst Du auf einen Vaterschaftstest. Und dann ist die Sachlage geklärt."
„Soweit will ich es nicht kommen lassen. Bis zur Geburt sind es noch zwei Monate. Ihr Teufelsspiel macht mich verrückt, ich ertrage es nicht länger."
„Kennst Du eine bessere Lösung?"
„Du bist unser Spezialist für homöopathische Mixturen. Was uns auch immer quält, Husten, Bauchweh, Benommenheit oder Schlafstörungen, Deine Rezepturen sind die besten. Ich bitte Dich, schenke ihr einen Sirup für das Baby, das angeblich die Immunität des Kindes stärkt, tatsächlich aber eine Sturzgeburt auslöst und das Neugeborene in kürzester Zeit sterben lässt."
Bernd lauerte auf die Reaktion seines Freundes. Der fragte nur kühl mit unbewegtem Gesicht:
„Und der Preis?"
„Zwei Monatsgehälter."
„Einverstanden. Wir wollen darauf uns einen genehmigen."

Zwei Tage später erschien Frieder auf der Krankenstation von Steffi. Sie empfing ihn scheinbar verärgert.

„Ich habe viel zu tun, man redet bereits über uns und Deine häufigen Besuche."

Sie umarmte ihn und beide küssten sich.

„Wie geht es unserem Baby?"

„Es ist ein Draufgänger wie Du. Strampelt und lässt mir keine Ruhe."

„Hör zu. Vorgestern war Bernd bei mir. Er forderte mich auf, Dir ein vergiftetes Stärkungsmittel zu schenken, damit Du das Kind verlierst und es stirbt. Ich glaube, er dreht durch. Sei vorsichtig. Hier das Fläschchen, der Inhalt ist harmlos."

Steffi erstattete Anzeige, Bernd wurde zwei Tage inhaftiert und dann aus der Untersuchungshaft entlassen.

III

Was trieb Bernd an, humane Grotesken und makabre Szenen bis zum Endpunkt zu spielen? Er lebte jenseitig und nur für sich. Seine Wirklichkeit war nicht das Entsetzen vor sich selbst, es war die Verklärung seiner selbst. Was hinderte ihn, die Begegnung mit Steffi abzulegen und als Vergangenes einzuordnen? Nämlich als Erscheinung des Bösen, das sich seiner bemächtigen wollte und dem er sich durch Flucht und Kampf entwinden musste.
Die Erklärung liegt auf der Hand:
Steffi war nicht die dunkle Erfahrung, die ihn das Fürchten, den Verlust, die Bedrohung lehrte. Sie war der lichte Augenblick, der erfüllte Moment, die liebende Vereinigung, die erstmalig sein bisheriges Lebensgefühl sprengte und ihm die unbewusste Angst vor den Abgründen des Lebens nahm. Seiner verarmten Seele wurde Steffi Inhalt und tragender Sinn seiner Exis-

tenz. Er erlebte sie wie den strahlenden Morgen nach einer Nacht voller Albträume. Sie brannte sich ihm als Gefühl ein, das ihm keiner mehr nehmen konnte und das er bislang nicht kannte. Nicht nur als körperliche Sinneslust, sondern als Bejahung seiner selbst. Ihre episodenhafte, bedingungslose Zuwendung mit Vertrauen, Verehrung und Hingabe an ihn verflüchtigten seine bisherigen existentiellen Affekte von Angst, Neid, Misstrauen und Beeinträchtigung und verdeckten zunächst die archaische Konfiguration seiner Liebe. Er brauchte die Liebe einer Mutter, nur in diesem Sinne liebte er sie. Wollte umsorgt, bewundert, vergöttert sein. In seiner Beziehung zu Steffi ging es ihm um die Absicherung dieses Arrangements, das sein Größenselbst nährte. Doch die Jugendlichkeit von Steffi durchkreuzte seine unbewussten Bedürfnisse. Er hatte sich in ihr getäuscht, hatte ihre altersgemäße, expansive Lebenslust und ständige Gier nach Abwechslung und nach Neuem in seiner blinden, selbstsüchtigen Liebe als entschuldbare Wirklichkeit seines unerfüll-

ten Wunschbildes aus Kindheitstagen nach einer unfehlbaren, verlässlichen, ihn nährenden Mutterimago fehlgedeutet.
Seine gefühlte und gedachte Fehlwahrnehmung trug von Anbeginn der Partnerschaft den wuchernden Keim des Vergehens in sich. Seine Beziehungsgestaltung von überschäumender Irrealität unterschied sich von jenen unglücklichen, banalen Ehen, in denen das Traumbild des Partners verloren geht und ein Nebeneinanderleben mit Empfindungslosigkeit für einander wie im Schattenreich geführt wird, dennoch aber die Zeiten übersteht. Als Steffi ihm entgleitet, unterliegt er Affekten mit konträrem Gefühlsgehalt. Zuwendung und Abwehr, Hass- und Liebe, Verleumdung und Unterwerfung, Bemächtigung und Befreiung. Sie machen seine satanischen Ausbrüche verstehbar. Der Umschlag seiner sich widersprechenden Gefühle wird dabei oft lustvoll von ihm erlebt. Seine Liebesbeteuerungen wie sein Hass sind der Ausdruck von Wollust, werden von ihm maßlos und exzessiv gelebt, machen schließlich seine Existenz aus und kreisen zu-

nehmend und überwertig um eine Idee. Wäre das Kind nicht, der Rivale, wäre alles gut, nur der Tod könnte sie dann scheiden. Es ist der Hoffnungstropfen, der ihn vergiftet und ihm vorspiegelt, wie die magische Kunst den Schein als Tatsache, das entschwundene Glück sei wieder zu erreichen, wenn das Kind nicht existierte. Seine Aufgabe sei es, eine Umkehr der Verhältnisse zu bewirken, also den selbst herbeigeführten, aber vermeintlichen Schicksalstod des Kindes zu inszenieren und diesen der Mutter als goldenen Apfel in der silbernen Schale als Beweis und Erfüllung göttlichen Willens für die Unzerbrechlichkeit ihrer Liebe zu deuten.
Das Kind war ihm Ersatzobjekt für seinen Hass auf Steffi, auf die er nicht verzichten wollte und konnte. Und so machte sich der Umnachtete auf, Steffi von ihrer Umnachtung zu befreien, wie er glaubte. Als Mordgeselle. Er liebte sie weiterhin, verschob seine Aggressionsaffekte gegen sie auf das Kind und fand aus dieser Verstiegenheit kein Zurück. Bekannte sagten ihm, gib auf, es ist sinnlos. Sie liebt dich

nicht. Aber die Liebe durchtränkte ihn wie sein Blut, der Hass trieb ihn voran und er hatte kein Verlangen, ein anderer zu sein als der treu Liebende und der unerbittlich Hassende.

IV

Zur Frühlingszeit, zur schönsten Jahreszeit, brachte Steffi einen Jungen zur Welt.
Sie war glücklich. Sie hatte sich aus der Sklaverei der Anforderungen von Bernd befreit, hatte sich selbst bestätigt und zum Frausein gefunden. Sie lebte wie bisher in der Tugend von naiver und reiner Gesinnung weiter. Mit Leichtigkeit ohne Tiefe, mit Genuss ohne Reue, mit Denken ohne Zweifel. Sie schied heiter von der Verbindung zu Bernd und trug das Vergangene gelassen zu Grabe. Sie begrüßte ihr Kind mit aller Wärme und es gab nichts, was ihre Mutterliebe anfechten konnte. Ganz anders Bernd. Er trieb das Geschäft der Vernichtung mit aller Konsequenz weiter. Das Kalte lässt sich nur durch Kälte erfassen, das Warme nur durch Wärme, die Liebe nur durch Liebe. Was von ihm ausging, war der Hass, der zerstört, sich allein im Recht dünkt und nur das Böse im

allgegenwärtig Abgründigen sieht. Menschen waren ihm Schlangen, Kraken, maskierte Geister, die ihm nachstellten und die es zu besiegen galt.

Als er von der Geburt des Kindes erfuhr, wusste er, dass das Böse das Licht der Welt erblickt hatte. Er träumte fortan nur von einer Tat, die mit einem Schlag das Unglück seines Lebens heilen sollte. Sein kaltes Gehirn heckte Möglichkeiten mit Strom, Infektionen, Giften, Feuer und nackter Gewalt aus. Er träumte in der Nacht und am Tage, wie er das Kind entführt, foltert, tötet, wie ihm dabei ungeahnte und geheimnisvolle Kräfte zuwachsen. Doch Steffi hatte sich mit ihrem Balg bei den Eltern wie in einer Burg verschanzt, die hohen Mauern waren nicht überwindbar und trotzten allen seinen Plänen. Nachts stampfte er durch die Straßen, von Schlaflosigkeit gequält und mörderischen Gedanken. Er zog am Hause vorbei, in dem Mutter und Kind friedlich schliefen. Er vandalierte und zerstörte rasend und voller Wut, was ihm im Wege stand, malte sich das Sterben seines Sohnes aus und stellte sich lustvoll dessen Röcheln und letzte Atemzüge vor. Der Würgeengel wollte ihm nicht dienstbar sein und ein unsichtbares Sternenhemd schien das Kind zu beschützen. Der Mond warf wie immer mit seinem Licht die Schatten der Bäume und Häuser auf kahle Flächen, Schreie der Nachtvögel begleiteten seine verdammte Seele und läuterten sie nicht. Er schrie Flüche und Verwünschungen aus, doch das verwunschene Kind lag behütet in den Armen seiner Mutter. Wenn er in den frühen Morgenstunden das okkupierte Apartment von Steffi betrat, körperlich müde und zerschlagen, innerlich aufgewühlt und fiebrig, setzte er sich an den Küchentisch und brütete über sein Unglück und dessen Lösung. Eines Tages öffnete er die Schublade. Da fielen ihm wie zufällig unter allerlei Krimskrams Fotos von Steffi in die Hände. Es waren Nacktfotos, aufreizend und sinnlich, die sie von ihm zu machen gefordert hatte. Sie war kokett, betrachtete oft und gern ihren Körper im Spiegel, wollte schön und klug sein und träumte davon, eines Tages als

Model bewundert und auf den ersten Seiten von Journalen in Evas Kostüm abgebildet zu werden. Die veralteten sexuellen Spielereien ödeten sie sehr bald an und sie dachte sich neue Lustspiele mit Bernd aus, um zum Höhepunkt zu kommen. Abscheu und Ekel gegen abweichende Praktiken waren bei ihm anfangs groß, doch erlernte. Sein Verlangen nach dem Ungewöhnlichen wuchs und sehr bald verachtete er die angebliche Anständigkeit der Bürger und verstand das deviante Sexualverhalten als Auflehnung gegen Prüderie und Verlogenheit der Gesellschaft. Es deckte sich mit seiner allgemeinen Weltsicht. Seine unbewusste und bisher gelebte Aufsäßigkeit, seinen existentiellen Frust, hatte Steffi sexuell kanalisiert. Er konnte seine Antihaltung mit ihr durch sexuelle Normbrüche ausleben und sich dabei als neuer Mensch mit revolutionärem Bewusstsein fühlen.
Durch die Trennung von Steffi konnte er diese effektive Ersatzsymptomatik nicht mehr auskosten, die Grundfesten seiner neuen Sanftmut und seines psychisch-

en Gleichgewichts waren ihm genommen worden. Er war überzeugt, dass daran das Kind die Verantwortung trug.

Er grübelte. Er war bereits einmal vier Jahre lang verheiratet. Seine erste Frau ließ sich von ihm scheiden, weil er, wie sie behauptete, unfruchtbar sei. Sie hielt mit ihrem Spott auch nicht zurück.

Er sei wie ein Stier, nur leider kastriert. Blindwütig gegen jedermann, doch unfähig, ein Kind zu zeugen.

Ein Popanz von Mann. Sie ließ ihn in Stich, wandte sich anderen Männern zu. Der ihm zugefügte Stachel saß damals tief, der kränkende Schmerz hielt über Jahre an. Er errötete ständig in Gegenwart von Frauen, in seiner Vorstellung waren alle Frauen verlogene Wesen. Er fühlte sich in ihrer Gegenwart nur sicher, wenn sie schwach und hilfsbedürftig in Erscheinung traten, unerfahren, kindlich und einfältig wie Steffi in Königswinter. Jetzt, nach dem Fortgang von Steffi, kam unvorhergesehen die Erinnerung an seine gescheiterte Ehe und mit der Erinnerung des Traumas die Wut und der Zorn. Erneut bis ins Mark verletzt, stellte er sich die Frage, warum seine Frau nicht schwanger und warum Steffi schwanger geworden war. Was er schon immer vermutet hatte, wurde ihm zur sicheren Gewissheit. Sie hatte ihn von Anfang der Beziehung an gehörnt und ihn öffentlich am Schandpfahl zum Gespött der Leute vorgeführt. Er konnte nicht der Erzeuger des Kindes sein. Wie glühende Lava stiegen in ihm Erbitterung und Groll auf, brodelten, setzten sich fest und bahnten sich schließlich einen Weg in Pamphleten. Was sie ihm angetan hatte, wollte er ihr antun. Mit Peitschenhieben wollte er sie zur Vernunft bringen. Er heftete an einigen Nacktfotos von Steffi Texte an, vervielfältigte sie, warf sie in die Briefkästen des Mietshauses, in dem Steffi bei ihren Eltern wohnte und verteilte folgenden Aufruf:

„Bei schnellstem Ausschluss der Vaterschaft des Herrn K. 5000 DM Prämie! Frau St. beabsichtigt durch Heiratsschwindel und Alimentenerpressung einen Doppelbetrug an dem von ihr erschlichenen Kind und Herrn K. gewissenlos durchzuführen.

Die Beweisfragen: Mit wem hatte Frau St. engsten Umgang? Wer hat sie beim freien Geschlechtsverkehr beobachtet? Wer weiß von ihren intimen Beziehungen? Diskretion zugesichert! Bitte helfen Sie, weiteres Unrecht zu vermeiden."
Die erwartete Reaktion von Steffi blieb aus. Erst als er die Flugblätter an die Scheiben seines Autos heftete und sein Auto sonntags vor der Kirche und wochentags auf der Straße vor dem Wohnhaus von Steffi parkte, klagte Steffi auf Unterlassung seiner Behauptung und seiner Aktionen. Der Prozess endete mit einem Vergleich. Steffi erhielt ein geringes Schmerzensgeld zugesprochen, die Klageanträge wurden als erledigt erklärt. Als das Jugendamt ihm kurze Zeit nach dem Urteil mitteilte, dass er als Vater von Sebastian Alimente zu zahlen habe, verstärkten sich bei ihm die Zweifel an Recht und Gerechtigkeit in dieser Welt. Steffi hatte vor Gericht versichert, nur er könne das Kind gezeugt haben. Auf die Frage des Richters, ob sie in der fraglichen Empfängniszeit mit anderen Männern verkehrt habe, verweiger-

te sie die Aussage. Bernd gab die Arbeit in der Klinik auf und lebte verstört und ratlos in den Tag hinein. Er schlief unruhig mit gewalttätigen Träumen, glaubte, er werde im Schlaf belauscht, hörte Stimmen und sah Bilder. Tags fühlte er sich krank, gejagt von dämonischen Vorstellungen.
Ihn überfiel aus heiterem Himmel heftiges Herzklopfen, fürchtete, Steffi habe Männer beauftragt, ihn zu erschlagen.
Er saß stundenlang in sich versunken und selbstvergessen und wartete gespannt auf ein unheilvolles, gigantisches Ereignis, das ihn mit Grausen erfüllte und wusste selbst nicht, was es wohl sein würde. Sein Arbeitskollege redete auf ihn ein, einen Abstammungsprozess anzustrengen. Bernd lehnte ein solches Vorgehen entschieden ab. Er wisse, dass Richter und Gutachter miteinander gegen ihn verschworen seien. Das einzuholende Fertilitätsgutachten sei ohne Untersuchung bereits geschrieben, der Richterspruch sei bereits gefällt. Steffi habe mit ihrem Körper Richter und Sachverständige bestochen, nicht notgedrungen, sondern um sich

auch mit hohen Herren zu verlustieren. Die bösen Zeichen seiner Verwirrtheit mehrten sich, das Tier in ihm lag auf der Lauer und suchte nach dem ungeschützten Wild. Die Stunde kam, als er im Grugapark sah, wie eine Mutter ihr Kleines mit Brei fütterte. Löffelchen nach Löffelchen, für Mama, für Papa, für Opa und Oma. Das Kleine schluckte gehorsam und schlummerte schließlich zufrieden ein. Er aber hatte angesichts dieser Szene ein Aha-Erlebnis für sein Problem. Es war wie ein Himmelsgeschenk. In plötzlicher Erkenntnis fiel es ihm wie Schuppen von den Augen. Das ist es. Sie soll es mit eigener Hand töten. Heiter verließ er den Garten. Er spürte nicht den sanften Regen, der ihn durchnässte. Süßer Frieden erfüllte sein Herz. Nach langer Zeit war dieser Tag ein heiteres Fest für seine unruhige Seele. Er wusste nun, was er zu tun hatte.
Am nächsten Tag begab sich Bernd in Kaufhäuser, schlich sich in den Abteilungen für Babynahrung herum und informierte sich verstohlen darüber, wie das jeweilige Nahrungsmittel angerichtet wird. Er entdeck-

te ein Milchpulver, dass sich bei Zugabe mit Wasser zu einem Milchbrei als Beikost für vier bis sechs Monate alte Kleinkinder zubereiten lässt. Er kaufte davon drei Packungen zu je fünf Mahlzeiten und war freudig überrascht, als er an der Kasse noch ein weiteres Überraschungspaket umsonst als Werbegeschenk von der Herstellerfirma erhielt. Sein weiteres Vorgehen hatte er gedanklich bereits entworfen. Er suchte den Hausmeister des Krankenhauses auf, in dem er arbeitete und bat um Hilfe. Sein Keller wimmele von Ratten, was er gegen diese Plage tun könne. Der Hausmeister legte ihm lang und breit dar, dass er die Klinik über Jahre mit einem speziellen Giftpulver rattenfrei gehalten habe.
Dieses Pulver sei allerdings auch für Menschen lebensgefährlich, es enthalte Arsenik und Strychnin. Der Umgang mit diesem Gift erfordere deshalb äußerste Sorgfalt.
Bernd gelang es, den Hausmeister zu beschwatzen und erhielt von ihm gegen ein geringes Entgelt etwa 50 g des Giftes. Zu Hause öffnete er vorsichtig das Über-

raschungspaket und injizierte, mit bloßem Auge nicht erkennbar, in jedes der fünf Beutel mit einer Spritze das Rattengift. Das Werbepäckchen adressierte er an Steffi K. Sein Herz raste dabei im wilden Takt und hob seine Stimmung. Sein grausames Tun stillte die Wunde seiner Verletzung und erfüllte ihn mit Genugtuung. Oh bitteres Leben, oh süßer Tod.

Steffi erhielt das Geschenk zwei Tage später durch die Post an einem Mittwoch, sah, dass es von der Firma M. war und legte es in eine Schublade beiseite. Sie hatte keine gute Meinung von der Firma M. und hielt deren Produkte für ihren kleinen Prinzen für ungeeignet. Der Mensch ist blind für das Seiende und erst recht für das Kommende. Die Schwester von Steffi, zwei Jahre jünger, hatte zwei schwere Operationen am offenen Herzen überstanden. Sie dankte Gott täglich für seine Gnade für das geschenkte Leben und ahnte nicht, dass ihre Zeit gezählt war.

Am Freitag machte sie sich wie immer auf zur Chorprobe, rührte sich hastig den unbeachteten Milchbrei an und schlang ihn

hinunter. In der Kirche wurde ihr übel, sie erbrach und hatte Durchfall. Freundinnen fuhren sie nach Hause. Sie krampfte, hatte unerträgliche Schmerzen im Magen-Darmbereich. Sie wurde dem Krankenhaus zugeführt, verlor dort das Bewusstsein und verstarb in den frühen Morgenstunden des Sonntags.
Bernd las jeden Tag die Todesanzeigen in der Heimatpresse in der Hoffnung, dass das Ableben des Kindes angezeigt werde. Ihn überraschte, als er am Dienstag las, eine Katrin M. sei unerwartet und plötzlich verstorben. Im Begleittext hieß es:
„In unserem Herzen wirst Du ewig leben, wir werden Dein wunderbares Wesen nie vergessen.
Norbert M., Paula M., Steffi M. und alle Angehörigen.
Bestattung am Freitag auf dem Hauptfriedhof."
Bernd schwankte, ob es sich um die Schwester von Steffi handeln könnte. Er überlegte und entschloss sich, zum Begräbnis zu gehen. Er erreichte den Friedhof eine Stunde vor der Beerdigung, wanderte

zwischen den Gräbern auf und ab und fühlte sich einsam. Es war leicht, dass frisch ausgehobene Grab, aber schwer, möglichst nahe dem Grab ein geeignetes Versteck zu finden. Er entschied, sich hinter einem großen Grabstein zu verbergen. Er hörte das Totenglöcklein läuten, sah die Trauergemeinde sich nähern, erkannte Steffi und ihre Familie und realisierte zum ersten Male, dass ein Mensch begraben wurde. Er lauschte den Worten des Pfarrers: „Durch den Tod bekommt unser Denken eine neue, reale Erfahrung. Wir dürsten und schöpfen aus einem leeren Brunnen. Und nun, da wir dem Absoluten begegnen, erkennen wir, dass all unser bisheriges Trachten und Streben eitel war. Wir sind wie am Tage unserer Geburt hilflos, schwach und unwissend. Und angewiesen auf eine Macht voller Güte und Liebe, die sich unserer Seele annimmt. Sie ist das Eigentliche unseres Lebens und das ewig Seiende vergangenen und zukünftigen Lebens."
Bernd faltete die Hände und betete:
„Du mächtiger Gott, nun sorge dafür,

dass auch das Kind bald der Tante folgt und den Giftbrei frisst."
Weder er noch andere wussten zu diesem Zeitpunkt, dass Katrin durch seine Giftbeimischung verstorben war. Er hatte aber Zweifel, ob man ihm nicht nur ein Theaterstück vorspiele und der wirklich Tote das Kind sei. Am nächsten Tag begab er sich nochmals zum angeblichen Grab von Katrin. Ihr Name stand auf dem Holzkreuz. Er war irritiert, nahm aus seiner Jackentasche eine kleine Puppe, legte sie zu den Kränzen und Blumen auf das Grab und murmelte leise, scheu um sich blickend:
„Du sollst der Nächste sein."
Er fuhr anschließend ins Krankenhaus und erkundigte sich bei der Information, ob die Schwester von Steffi tatsächlich gestorben sei. Man bestätigte es. Wenige Tage nach dem Begräbnis wollte Steffi das Werbegeschenk der Firma M. entsorgen. Ihre Mutter riss es ihr aus der Hand und widersprach:
„Was soll das. Wir bereiten es als Nachspeise zu, als Pudding."

Mutter und Vater wurde nach dem Verzehr der Nachspeise schlecht, sie erbrachen , und bekamen Durchfall. Steffi erinnerte sich an die Symptome, die vor dem Tode ihrer Schwester aufgetreten waren und veranlasste die Noteinweisung ihrer Eltern in die Klinik. Beide konnten durch sofortige ärztliche Maßnahmen gerettet werden. Als Ursache des lebensbedrohlichen Zustands stellte das Labor der Klinik eine Vergiftung fest. Die Kriminalpolizei ermittelte, Bernd wurde verhaftet und vor Gericht gestellt.

V

Wie die meisten Verbrecher, war Bernd seiner Tat psychisch nicht gewachsen. Er verleumdete sie und beschuldigte die Menschen aus seinem Nahbereich und Steffi. Er hatte ein Statement schriftlich vorbereitet, das er nach Eröffnung der Gerichtsverhandlung und Anklageerhebung mit brüchiger und erregter Stimme vorlas.
„Richter und Geschworene,
das Recht ist immer das Recht der Mächtigen. Sie, die Richter und die Geschworenen, sind befangen, weil Sie von höchster Stelle den Befehl bekommen haben, mich zu verurteilen. Ich bin von bösen Mächten umzingelt und sie sind Teil des Bösen. Alles, was man gegen mich vorträgt, ist erstunken und erlogen. Ich verkünde hiermit die Wahrheit und bitte die anwesenden Journalisten, sie in die Welt hinauszutragen, damit mein Martyrium bekannt wird und aufrechte Menschen mir bei-

stehen. Ich weiß nicht, warum man an mir Rache und Vergeltung übt; hören Sie die Geschichte eines unschuldig Verfolgten und Gerechten. Vor etwa 15 Monaten machte ich die Bekanntschaft eines jungen Mädchens, sie heißt Steffi K.. Nach einem Monat schlug sie mir ein Treffen in Essen vor. Wir verbrachten einen schönen Tag, abends hat sie mich in ihre Wohnung eingeladen. Dort hat sie mir ein Getränk eingeschenkt, ich wurde davon benommen. Auf einmal sah ich sie wie im Nebel splitternackt auf ihrem Bett liegen. Sie lockte mich und verkehrte mit mir auf schamlose und perverse Art. Dann schlief ich ein. Am nächsten Morgen sagte sie, ich solle bei ihr bleiben und sie würde mir sexuelle Freiheit lehren, damit ich meine Ängste ablege und selbstbewusster werde. Wir lebten über ein Jahr zusammen, es war der Himmel auf Erden. Ich habe ihr von meiner pflichtbewussten, aber kalten und abweisenden Mutter und meiner ersten Ehe erzählt und wie es dort zugegangen war. Meine Frau hat mich seelisch geprügelt wie meine Mutter und ich habe

mich zu ihr verhalten wie ein Hund, dem die Prügel fehlt und darum bittet. Steffi und ich wollten heiraten, sobald ein Baby unterwegs ist. Am Tage, als sie mir von der Schwangerschaft berichtete und zugleich sich von mir trennte, brach für mich eine Welt zusammen. Ich wurde psychisch krank und beging törichte Handlungen. Sie hatte mich tiefer verletzt als andere Menschen je zuvor. Ich durchschaute ihr wahres Wesen. Sie ist eine Betrügerin, Heiratsschwindlerin und Schlampe.
Sie ist mir immer untreu gewesen, sie kann nicht anders. Mein ganzes Leben konnte ich nie so glücklich sein, wie andere Menschen. Ich bin vom Schicksal benachteiligt worden. Meine Mutter heiratete, weil ich unterwegs war. Sie liebte meinen Vater nicht und hasste mich. Ich hatte ihr Leben versaut. Alles, was ich tat, war in ihren Augen dumm, falsch oder bösartig. Als kleiner Junge weinte ich deshalb nachts öfter ins Kissen. Ich war ihr untertan, nahm ihre Schelte demütig an und hoffte, dass sie mich einmal streicheln, einmal küssen, einmal loben würde. Ver-

geblich. Sie schob mich zu Verwandten nach Berlin ab, als ich zehn Jahre alt war und begründete ihr Tun mit scheinheiligen Argumenten. Und so ging es weiter.
Lehrer, Mitschüler, Vorgesetzte, Mädchen und Frauen schoben mich ab, hetzten und unterdrückten mich und ich weiß bis heute nicht, warum sie mich als Aussätzigen behandelten. Nur bei Steffi hatte ich das Gefühl, dass mich ein Mensch so liebt, wie ich bin. Ich liebe sie noch heute. Aber man hat sich gegen mich verschworen. Der heutige Prozess war von Anfang an als Mord- und Kindesaffäre von Dunkelmännern gegen mich geplant. Ich ahnte nicht, wie hinterhältig Steffi ist. Sie hat sich als V-Agentin hergegeben, damit man mein Leben ruinieren kann. Ich frage, wo bleibt das gerechte Verfahren, wo bleibt die gerechte Reihenfolge. Erst muss die Zeugerschaftssache verhandelt werden, dann die angebliche Mordsache. Zu aller erst muss die Feststellung getroffen werden, ob das Kind von mir ist oder nicht. Aber man verdreht die Reihenfolge. Ich muss davon ausgehen, man will mich vernichten.

Ich habe keinen Zweifel, wenn ich mit dem Bastard nicht kusch und klein beigebe, dann ist für mich ein Platz in der Irrenanstalt oder im Zuchthaus bereits reserviert. Ich kämpfe hier nicht, weil meine Liebe enttäuscht oder weil meine Eitelkeit verletzt worden ist. Nein, ich kämpfe wie schon mein Leben lang für die Gerechtigkeit. Hier sind Gutachten von den Universitäten Münster, Düsseldorf und Essen. Alle kommen übereinstimmend zu dem Ergebnis, dass ich nicht der Vater des Kindes Sebastians sein kann. Ich bin zeugungsunfähig. Mit den Giftanschlägen habe ich nichts zu tun."

Bernd nahm nach seinem Vortrag hochrot im Gesicht auf der Anklagebank Platz, das Gericht war erkennbar überrascht und sah sich einer neuen Beweislage gegenüber. Es vertagte sich und vernahm nochmals Steffi als Zeugin. Sie ergänzte ihre Aussage:
„Ich mache mir Selbstvorwürfe, aber ich habe nichts zu verheimlichen. Früher habe ich gedacht, der Sinn des Lebens liege da-

rin, sich zu amüsieren. Ich wohnte bei meinen Eltern und war unfrei wie ein Kettenhund. Meine Eltern hielten mich hinter einem Schutzwall gefangen und überwachten jeden Schritt, den ich tat. Das Zuhause fiel mir auf die Nerven. Ich redete auf meine Eltern ein, dass es das Beste wäre, wenn ich eine eigene Wohnung hätte und auszöge. Sie sträubten sich, obwohl ich schon 18 Jahre alt war und eine Ausbildung zur Krankenpflegerin angetreten hatte. Sie argumentierten, eine eigene Wohnung in meinem Alter wecke den Verdacht, ich sei ein leichtes Mädchen. Ich mietete mir heimlich ein kleines Apartment. Als Vater und Mutter an einem Wochenende verreisten, verließ ich hinter ihren Rücken das Elternhaus. Das warf zwar einen Schatten auf unser Verhältnis, aber meine Eltern hatten den Glauben an mich nicht verloren. Ich nahm einen Kredit auf, richtete meine Wohnung ein und merkte nach einem halben Jahr, dass ich mich selbst isoliert hatte. Wenn ich von der Arbeit oder der Pflegeschule kam, fehlte mir ein Gesprächspartner. Leere und Langeweile gähnten mich an. Dann traf ich Bernd in Königswinter. Wie soll ich sagen. Er imponierte mir als Gentleman und charaktervoll, wie ein Mann sein soll. Zurückhaltend, klug, aufmerksam und zuvorkommend. Nicht aufdringlich und doch galant. In meiner Einsamkeit erinnerte ich mich an das Winzerfest und an ihn. Ich rief ihn an und wir verabredeten uns. Wir trafen uns, gingen durch die Stadt, schauten uns die Auslagen in den Schaufenstern an, sahen uns einen Film an und kamen uns näher. Er gefiel mir noch immer. Ich bat ihn zu mir in die Wohnung. Er willigte zögernd ein und verhielt sich ganz anders, als ich mir vorgestellt hatte. Er schmeichelte nicht, küsste mich nicht, blieb distanziert und seriös. Ich war noch unreif, irgendwo zwischen Kind und junger Frau. Ich dachte, ich bin nicht hübsch, nicht reizvoll und erregend. Dabei spürte ich in diesem Augenblick, wie sehr ich ihn mochte, hatte aber noch keine Erfahrungen mit Männern. Ich war noch der Welt eines pubertierenden Mädchens verhaftet. Ich schämte mich meiner Brüste und glaubte, schamlos zu sein, weil sie sich von meinem Körper abhoben. Ich wusste, dass ich hübsch und gut gewachsen bin, und schämte mich, weil meine Attraktivität vor allem sexy war. Wenn Männer auf der Straße meinen Busen betrachteten, meinte ich, sie dringen in meine Intimssphäre ein und beschmutzen mich. In der Situation des Abends mit Bernd war alles anders. Ich erfasste sehr schnell, dass Bernd gehemmt, verklemmt und verkrampft war. Er bemühte sich verzweifelt, mir auszuweichen. Ich fand eine günstige Gelegenheit, mich unbemerkt zu entkleiden, präsentierte mich ihm als betörende, reife und strahlende Jungfrau und verführte ihn. Für mich war es ein Erlebnis, das ich bisher nicht gekannt hatte. Es war die schamlose Lust am eigenen Körper. Bernd blieb bei mir und wir verbrachten gemeinsam wunderbare Tage und Wochen. Ich merkte bald, dass er mich liebt und sehr eifersüchtig war. Seine Liebe war irgendwie hilflosrührend und unterlegt mit Versagensängsten. Seine Eifersucht war lästig. Um seine Liebe mir zu erhalten und seine Furcht

vor Impotenz zu vertreiben, informierte ich mich über entsprechende Literatur und Pornofilme, was ein Mann mit einer Frau alles anstellen kann. Ich verlor alle Schamhaftigkeit, wir verkehrten sorglos, frei und unbeschwert. Bernd wollte mich in allen Positionen sehen, sagte ordinäre Wörter, ich leitete ihn zu ungewöhnlichen Praktiken an. Wir wussten beide, dass wir verbotene Grenzen überschritten und hatten doch noch nie so viel Lust wie jenseits der Grenze. Hinter jedem Glück lauert ein Verdacht und sein Verdacht wuchs mit der Zeit. Bernd glaubte, dass ich ihm ganz und er mir ganz gehöre. Je erfahrener ich in der Liebe wurde, desto leidenschaftlicher gebärdete er sich. Er litt unter den Qualen seiner Eifersucht. Er sprach Verdächtigungen aus, machte mir Vorwürfe, beobachtete mich, versteckte sich tags unter dem Bett oder im Schrank, um mich bei der Untreue in flagrante zu ertappen, bekam Wutanfälle, erzwang von mir das Versprechen, dass wir heiraten.
In Sachen Erotik hielt er mich für verhext, konnte sich aber nicht dem entziehen. Ich

wollte nicht sein Eigentum sein, begann mich zu entfremden, nahm mir Freiheiten heraus, belog ihn und ging fremd. Ich fand erst den Mut, ihn zu verlassen, als ich schwanger war."

Der Vorsitzende Richter fragte:

„Ist Bernd der Vater des Kindes?"

Steffi errötete und beteuerte:

„Ich habe nichts zu verheimlichen. Bernd ist der Vater von Sebastian und kein anderer."

„Wie gestaltete sich die Beziehung weiter?"

„Als ich ihm sagte, dass ich ihn nicht heiraten werde, obwohl ich ein Kind von ihm erwarte, wurde er verrückt. Er wollte das Kind nicht mehr, sah im Kind die Ursache unserer Trennung und unternahm alles Mögliche, mich vom Kind zu trennen, mich zu diffamieren und letztendlich, das Kind zu töten. Seine Aktionen sind Ihnen ja bekannt."

War Steffi bisher ruhig und gefasst, begann sie an dieser Stelle zu weinen und war nicht mehr zu beruhigen. Die Prozessbeteiligten hatten keine Fragen mehr, Steffi wurde als Zeugin entlassen. Nach kurzer Beratung stellte der Vorsitzende des Schwurgerichts fest, die Kammer habe nicht zu entscheiden, ob der Angeklagte Vater des Kindes Sebastian sei oder nicht, dies sei einer Zivilkammer vorbehalten, sondern, ob er sich im Sinne der Anklage wegen versuchten Mordes und anderer Verbrechen schuldig gemacht habe. Die Einlassung des Angeklagten sei für den Prozess ohne Belang.

Nach vier Tagen Beweisaufnahme charakterisierte der psychiatrische Sachverständige Bernd als abnorme Persönlichkeit mit erheblichen Charaktermängeln. Er sei haltlos, willensschwach, triebhaft und rachsüchtig, ein Psychopath mit querulatorischen Verhaltensweisen und krankheitswertigen Abweichungen von der Norm.

Der psychologische Sachverständige trug vor, dass das Leben des Untersuchten die Kennzeichen einer brüchigen Lebensgestalt trage. Reifung, soziale Selbstständigkeit, einfache Lebensziele habe er nur mit Mühsal erreicht. Sein Erscheinungsbild strahle Unbeholfenheit und Skurrilität aus, er habe das Gebaren eines verschrobenen Sonderlings. Seine intellektuelle Leistungsfähigkeit bewege sich im oberen Bereich des Durchschnitts, Hinweise für eine psychotische Gestörtheit oder zerebrale Funktionsstörung lägen nicht vor. Einem gequälten, langen Anstieg zu bescheidener Lebenshöhe folge jedes Mal ein kurzer, tiefer Fall. Seine Selbstbehauptungstechniken hätten sich von Rückzug, Schüchternheit und Gehemmtheit im mittleren Lebensalter zur sensitiv-kämpferischen Haltung, zur hektischen und expansiven Aktivität eines Querulanten gewandelt. Berufliche und personale Beziehungen hätten sich bei ihm niemals verfestigt und brächen schnell auseinander. Es gäbe keine geistige oder soziale Klammer, die ihn Zeit übergreifend gehalten hätte.

Nichts sei sicher, nichts sei verlässlich in seinem Leben gewesen, von einem Thema abgesehen, stets von Menschen und Umwelt bedroht und beeinträchtigt worden zu sein. Dennoch strebte er eine bürgerliche Existenz an. Er habe sich gegen das subjektiv empfundene und ihm angetane Unrecht gewehrt und sich zu einer wahnhaft fanatisch-querulatorischen Persönlichkeit entwickelt. Er sei einem Prozess erlegen, der sowohl von inneren, personalen als auch von äußeren, situativen Bedingungen getragen worden sei. Als egozentrisch-empfindsame und zugleich umweltorientierte Persönlichkeit habe er sich immer wieder Situationen ausgesetzt, die ihm Kränkungen und Demütigungen eingebracht hätten. Er blieb über Jahre in Widersprüchen zu sich und seiner Umwelt verhaftet, war unglücklich, unzufrieden, gequält und hilflos. Als beispielsweise nach einem Arbeitsunfall seine Ansprüche und Rechte bestritten, bürokratisch abgewimmelt, formal abgewälzt wurden, habe er überschießend reagiert. Er beleidigte, wo er sich beleidigt fühlte, griff an, wo er sich angegriffen fühlte, kränkte, wo er sich gekränkt fühlte. Seine paranoiden Gewissheiten verfestigten sich und wurden sein bestimmendes Lebensthema. Sie vermittelten ihm Genugtuung und Hochgefühl und dienten ihm funktional zur Aufrechterhaltung seines seelischen Gleichgewichts. Er brauchte auf diese Weise das eigene Versagen nicht zu hinterfragen, weil er seine eigene Fragwürdigkeit auf seine Umwelt projizierte und er ihr zuschrieb, was ihn selbst ausmachte. Seine Beziehung zu Steffi sei besonders intensiv. Er fühle sich in seinen narzisstischen Ansprüchen von ihr bedingungslos bejaht. Sie lehrte ihn, seine innere Auflehnung und existentielle Wut gegen die ungerechte Welt durch sexuelle Tabubrüche in der Intimsphäre pseudorevolutionär zu entladen und sich dabei groß und überlegen zu fühlen. Das half ihm. Er sei von ihr unbewusst sexuell und geistig abhängig geworden, wähnte sich ihr aber überlegen und fühlte sich bestätigt. Er entwickelte sich durch dieses neurotische Arrangement zu einem sozial friedfertigen und verträglichen Bürger... Als Steffi entgegen der einvernehmlich abgesprochenen Zukunftsplanung wegen seines fehlenden Einfühlungsvermögens und seines anmaßenden Selbstbezuges sich von ihm trennte, aktualisierte sich sein überwertiges und verdrängtes Konfliktthema, nämlich seine Überzeugung, im Leben permanent abgewiesen, beeinträchtigt und gedemütigt worden zu sein. Alte Wunden brachen auf, das erneute Trauma seiner existentiellen Bedrohung begann er, zunehmend wahnhaft zu verarbeiten. Auf der Suche nach Erkenntnis und Erhellung der Ursachen seines Schicksals wurden ihm die wahren Hintergründe des Verhaltens von Steffi bewusst. Nicht nur er, sondern auch Steffi war das Opfer einer Verschwörung. Seine Wahngewissheit uferte aus und sprengten den gesunden Menschenverstand und die erfahrbare Realität. Arbeitgeber, Gerichte, Freunde, Hurenböcke hätten sich gegen ihn verschworen, hätten Steffi im Zustand der Umdämmerung zum willenlosen Werkzeug degradiert, sie geschwängert, um ihn menschlich zu demütigen und finanziell zu ruinieren. Er konnte Menschen nicht mehr vertrauen, sie wurden ihm heimliche oder offene Feinde. In diesem Bedeutungserleben fixierte er die nicht nachvollziehbare Idee, dass das Kind sterben müsse, damit Steffis Liebe zu ihm sich erneuere, das Böse bezwungen werde und die Gerechtigkeit siege.

Das Überwechseln in ein reales, nachprüfbares und soziales Denken blieb ihm verwehrt. Der Beschuldigte wusste gleichwohl sein Tun normativ richtig zu bewerten, war aber aufgrund seiner angst- und affektbesetzten, wahnhaften Ideen nicht ausschließbar erheblich vermindert, sich seiner Einsicht gemäß zu steuern. In diesen Abstraktionen erkannte sich Bernd nicht wieder. Es überforderte ihn. Das Leben ist konkret. Er wünschte sich im frühen Alter Pilot, Kapitän, Fußballer zu werden, dann Mechaniker, Ingenieur und schließlich Krankenpfleger und in diesen Berufen Anerkennung und Bestätigung. Seine Wünsche wurden nicht erfüllt, seine Ideale musste er aufgeben, weil er nur Verlust, Versagung und Zurückweisung erfuhr. Er wurde nicht bejaht und lernte deshalb nicht, sich selbst zu bejahen.

Der Gutachter hatte nicht reale Tatsachen sprechen lassen, sondern dafür eine abgehobene, abstrakte Sprache gewählt, die nur bedingt verständlich ist. Selbst vor Gericht musste Bernd erdulden, dass das Menschliche von ihm, sein Leiden, seine Schicksalsschläge, kaum Verständnis fanden, dagegen aber sein Scheitern und sein Fehlgehen heraus gestellt wurden. Mit Empörung reagierte er auf das Gutachten. Sein gelebtes Leben sei vom Gutachter verfälscht worden. Während des Vortrags des Sachverständigen schüttelte er wiederholt verneinend den Kopf, hielt mit seiner Meinung nicht zurück und rief öfter Blödsinn, Dummkopf, Unsinn. Seine Fehlentwicklung konnte er weder denkerisch noch vom Gefühl her nachvollziehen. Er schwebte selbst vor Gericht noch in lebensfernen Wolken und hielt, im bildliche Sinne gesprochen, an seinem Pakt mit dem Teufel fest.

Nach der Beweisaufnahme zog sich das

Gericht zur Beratung zurück. Richter und Schöffen stimmten schnell überein, dass die angeklagten Taten mit ungewöhnlicher Niedertracht von Bernd begangen worden seien. Aber in welcher psychischen Verfassung? Konnten sie seine Gestörtheit verstehen? Dissens bestand in der Frage, ob der Täter bei Tatbegehung tatsächlich erheblich schuldgemindert gewesen sei, wie die Sachverständigen dargelegt hatten.

Habe der Täter die Tat nicht geplant, sie über lange Zeit vorbereitet und gemäß Plan und Entwurf durchgeführt? Sein erkennbarer psychischer Zustand sei doch unauffällig gewesen. Er sei voll orientiert gewesen, habe mit seiner Umwelt unauffällig kommuniziert und habe in der Kontinuität der Ereignisse und des Erlebens gestanden. Diesen Befunden stehe das Gutachten der Sachverständigen entgegen. Danach leide der Täter an einer psychologisch nachvollziehbaren wahnhaften Störung, so deren Hypothese. Die nicht wahnhafte Weltorientierung und Urteilsbildung setze voraus, dass der Mensch das ihn umweltliche und mitweltliche Begegnende prinzipiell in seinem Sosein belassen könne, ohne es von unbewussten oder überwertigen Antrieben subjektiv verändern oder verzerren zu müssen oder gar zu verkennen. War Bernd durch Wahngewissheit, Wahngestimmtheit und Wahnwahrnehmung tatsächlich nicht fähig, Tatsachen sprechen zu lassen, hatte er die Freiheitsgrade des Denkens und des Handelns verloren und bewegte sich in einer irrealen Welt? War er übermächtigen Gefühlen ausgesetzt, die sein Bewusstsein trübten? Oder war es die Tat eines rachsüchtigen Charakteropathen? Mit Bedenken folgten die Richter und Geschworenen der Argumentation der Gutachter und kamen zu der Überzeugung, dass Bernd schuldgemindert heimtückisch und aus niederen Beweggründen gehandelt habe. Sie verurteilten ihn wegen versuchten Mordes in Tateinheit mit fahrlässiger Tötung und fahrlässiger Körperverletzung zu einer Freiheitsstrafe von zehn Jahren.

Wenige Tage nach dem Urteil schrieb

Bernd dem Sachverständigen:

„Ich bin dankbar, nicht in der Klapse gelandet zu sein, wie es mein Anwalt wollte. Ich weiß sehr wohl, dass man in unserem Staat unbequeme Menschen dorthin bis zum Nimmerleinstag abschiebt und mit Medikamenten mundtot macht. Dennoch wage ich auszusprechen, dass ich das Gefängnis schlechthin für die größte Menschenfresserei der Welt halte, wo der Stärkere den Schwächeren beherrscht. Wer dort clever ist und sich unter Aufgabe von Charakter und Selbstbewusstsein anzupassen versteht, zieht Nutzen aus seiner eigenen Charakterlosigkeit. Der Ehrliche und Geradlinige hat keine Chancen. Mir bleibt nur die Wahl zwischen Außenseiter oder Zyniker. Ich werde mich anpassen, weil ich weiß, dass ich irgendwann entlassen werden muss und dann meine mir auferlegte und unvollendete Pflicht erfüllen werde."

VI

Nach Rechtskraft seines Urteils wurde Bernd in der JVA Werl aufgenommen. Das Gefängnis wurde 1908 als Königlich-Preußisches Zentralgefängnis in Betrieb genommen, wurde später als Zuchthaus und Sicherungsanstalt umbenannt und heißt heute Justizvollzugsanstalt. Die Anstalt ist mit einer sechs hohen Mauer mit fünf Beobachtungskanzeln umgeben, wird durch Kameras überwacht, hat fünf Höfe, die durch elektronische Alarmzäune gesichert sind. In der Nachkriegszeit wurden hier Todesstrafen von NS- Verbrechern vollstreckt oder verbüßten ihre langjährigen Haftstrafen. Die Anstalt ist zuständig für den Regelvollzug von drei Monaten bis zu zwei Jahren, für die Verbüßung von Freiheitsstrafen von mehr als zwei Jahren und für den Vollzug der Sicherungsverwahrung. Bernd wurde auf einer geschlossenen Abteilung für Langzeitbestrafte aufgenommen. Er wurde auf einer Einzelzelle mit den Maßen 4 m mal 3 m untergebracht, die mit Tisch, zwei Stühlen, Schrank, Bücherregal, Bett, Waschbecken und Klo möbliert war und ein kleines vergittertes Fenster in Kopfhöhe hatte. Beim Aufnahmegespräch zeigte Bernd sich uneinsichtig. Er sei unschuldig verurteilt worden und füge sich notgedrungen der nackten Gewalt. Mehr wolle er nicht sagen. Alles weitere könne man den Akten entnehmen. Bernd nahm die Strafhaft äußerlich gelassen hin. Er weigerte sich anzuerkennen, schuldig zu sein, wollte den Rest seines Lebens nicht in einem Safe verbringen und störte sich am Tageslärm der Anstalt, gewöhnte sich aber daran. Ihm gefielen auch nicht die Leute, mit denen er inhaftiert war. Er konnte deren Einstellungen nicht akzeptieren und besprach mit ihnen nur das Notwendigste. Bei den Beamten galt er als ruhig, fügsam und angepasst. Er hielt sich von den Mitgefangenen fern, stellte keine Anträge, nahm an der täglichen Hofrunde und am Gruppensport der Abteilung teil und ging allen Konflikten aus dem Wege. Seine Stimmung war ausgeglichen. Die Mitgefangenen mochten ihn nicht. Sie nannten ihn „Gifti", nicht nur wegen des Delikts, von dem sie auf verschlungenen Wege Kenntnis erhalten hatten, sondern weil er jede Beteiligung an den verbotenen Geschäften der Insassen ablehnte und man befürchtete, er sei das geheime Ohr der Beamten und deshalb Gift für den florierenden Untergrundhandel in der Anstalt. Aufgrund seines angepassten und untadeligen Sozialverhaltens bot der Abteilungsleiter Bernd die Funktion eines Hausarbeiters an, die er dankbar annahm. Sein Tag bekam eine sinnvolle und feste Struktur. Therapeutische Einzel- oder Gruppengespräche lehnte er weiter ab, folgte aber nach einem Jahr der Aufforderung, mit dem Psychologen seinen Behandlungsplan zu erörtern. Die Besprechung im Dienstzimmer des Oberverwaltungsrates erlebte er frustrierend. Der Psychologe reichte ihm zwar die Hand und bot ihm an, auf einen Stuhl Platz zu nehmen, mied aber jeglichen Augenkontakt. Er blätterte in einem dicken Aktenorder, der vor ihm lag und fragte nach einigen Minuten:

„Sie wissen, worüber wir uns unterhalten wollen?"

„Ja."

„Sie sind wegen versuchten Mordes in Tateinheit mit fahrlässiger Tötung und fahrlässiger Körperverletzung zu einer Freiheitsstrafe von zehn Jahren verurteilt worden?"

„Ja."

„Wie stehen Sie zu Ihrem Urteil?"

„Es ist falsch."

„Können Sie mir erklären, was am Urteil falsch ist?"

„ Es ist das Produkt einer Verschwörung."

„Dass man sich gegen Sie verschworen hat?"

„Ja."

„Wer sind diese Verschwörer?"

„Ich möchte keinen Namen nennen."

„Was will man von Ihnen?"

„Mich vernichten."

„Haben Sie auch hier Feinde?"

„Nein."

„Würden Sie mir erzählen, wie es zu den Straftaten gekommen ist? Sie haben ein rechtschaffenes Leben geführt und dann, etwa in der Mitte Ihres Lebens, werden Sie straffällig. Das ist ungewöhnlich."

„Ich habe es oft genug erzählt. Aber keiner glaubt mir. Jeder Mensch lebt für etwas. Ich lebe für eine Frau."

Der Psychologe unterbrach ihn.

„Das ist richtig. Die Frage ist nur, wofür lebt der Mensch. Für etwas Wirkliches oder Erdachtes?"

„Sehen Sie, das ist es. Ich merke, dass Sie mir auch nicht glauben werden. Ich möchte Ihre Zeit nicht mehr in Anspruch nehmen. Darf ich gehen?"

Er stand auf, der Psychologe lächelte und bot ihm an:

„Natürlich. Melden Sie sich bitte, wenn Sie einen Wunsch haben oder sich mit mir doch unterhalten möchten."

Bernd hatte nicht das Bedürfnis nach weiteren Kontakten. Nach einiger Zeit wurde Bernd gefragt, ob er für kurze Zeit einen Mithäftling in seiner Zelle aufnehme. Die Anstalt sei überbelegt. Er war damit einverstanden.

Sein zukünftiger Zimmergenosse betrat an

einem Montag in Begleitung zweier Aufseher die Zelle von Bernd, die tagsüber nicht verschlossen wurde. Der Eingewiesene überflog mit einem raschen Blick den Raum, streckte seine Hand zu Bernd aus, die dieser mit den Worten ergriff:

„Willkommen in meinem Palast."

Mit einem kaum wahrnehmbaren ironischen Lächeln stellte sich der Neue vor: „Ich bin der Fred. In welchen Bett darf ich schlafen? Ich will es gleich offen sagen. Ich liebe Luxus und Pracht und den Frieden. Mit dem ersteren hapert es hier, aber ich kann auch bescheiden sein. Und verstehen werden wir uns, das spüre ich."

Bernd runzelte die Stirn, nannte seinen Namen und spöttelte:

„Nun ja, man hat uns in ein miserables Hotel eingewiesen. Die Hygienevorschriften werden aber eingehalten."

Der Neue lächelte. Die Beamten hatten

sich kaum entfernt, da erkundigte er sich: „Die Beamten sagten mir, dass Du Hausarbeiter bist. Ich habe etwas Geld. Meine Frauen stecken es mir bei den Besuchen heimlich zu. Kannst Du mir Shit oder Shore besorgen?"

Bernd reagierte mit einer brüsken Gebärde und harter Stimme: „Damit wir uns für ein und alle Mal verstehen, ich halte mich an alle Regeln vom Knast. Ich bin kein Asi."

Er setzte sich auf einen Stuhl und drehte sich eine Zigarette. Fred rückte von seinem Ansinnen kleinlaut ab:

„Schon gut, schon gut, es war ja nur eine Frage."

Er hatte instinktiv erfasst, dass sein jetziger Zellengenosse ein abweichendes Knastverständnis hatte. Bernd rauchte seine Selbstgedrehte und erklärte sich:

„Ich habe zehn Jahre und will Halbstrafe.

Verstehst Du? Ich bin aber kein Verräter."

Fred verstand. In den nachfolgenden Tagen beobachtete Bernd seinen neuen Zellengenossen sehr kritisch. Er konstatierte, dass er sehr eitel war. Es war an seinem Gebaren, seinem Gang und allen Bewegungen zu erkennen. Er übertrieb gern, sprach geziert, erzählte ungefragt von seinen Geschäften, seinen Liebschaften und seinem Leben. Fred wurde nach kurzer Zeit auf der Abteilung nur mit „Ente" angesprochen. Er hatte eine untersetzte Figur und einen watschelnden Gang. Entscheidend für den zugeordneten Spitznamen war jedoch seine Redseligkeit. Er schnatterte ununterbrochen, sprach jeden an, ließ seinem Redefluss freien Lauf und suchte dabei mit heischenden Blicken Anerkennung und Aufmerksamkeit zu ergattern. Bald kannte jeder Knacki der Abteilung die von ihm begangenen Straftaten, wobei sich Erfindung und Wahrheit mischten und insgesamt ein amüsantes Panorama darboten. Man glaubte ihm nicht, akzeptierte ihn aber als ihresgleichen. Bernd musste als Mitbewohner seine nicht endenden Geschichten über sich ergehen lassen. Er brachte die dafür erforderliche Geduld und die Fähigkeit auf, nicht mehr hinzuhören und sich zu verschließen. Im Laufe der Zeit durchschaute er, dass die „Ente" mit seinen gedichteten Taten vor sich selber flüchtete und sich zu rechtfertigen suchte. Er selbst war in gewisser Weise das Gegenteil von Fred, verschlossen und misstrauisch, wenn auch nicht abweisend. Das erkannte auch Fred und erklärte sich:

„Du fragst Dich vielleicht, Gifti, warum ich immer wieder die Ereignisse meines Lebens erzähle. Ich muss es tun, wie ein Trinker trinken muss. Was ich erlebt habe, tut nicht mehr weh, aber wenn ich davon berichte, lese ich wie in einem Buch die wahren Hintergründe meines Tuns. Irgendwann lebten meine Eltern, ich und drei Geschwister in einer Notunterkunft. Mein Vater konnte nicht mehr arbeiten. Er rang nach Atem, hatte Leibschmerzen und klagte über Spannungen und Beklemmungen in der Brust. Wenn er sich schwerfällig aus dem Bett wälzte, schritt er unsicher und taumelnd im Zimmer umher, klagte über ständigen Schwindel, stellte sich vor das geöffnete Fenster und sog die Luft wie ein Ertrinkender gierig ein. Dann schleppte er sich keuchend zurück ins Bett und wir Kinder saßen verängstigt in einer Ecke des Zimmers. Wir wussten, Vater wird bald sterben, was mich aber nicht tiefer berührte. Ich hatte Hunger und dachte nur daran, wie ich etwas zu essen bekomme. Ich hatte noch drei Geschwister. Jeden Morgen zogen wir im Sommer und im Herbst hinaus ins Freie. Wir sammelten Brennnesseln, Löwenzahn und Sauerampfer für eine Suppe. Wir klauten alles Essbare von den Feldern. Kartoffeln, Steckrüben, Mohrrüben, Weiß- und Rotkraut. Wir stahlen Kirschen, Pflaumen und Äpfel von den Bäumen, pflückten Heidelbeeren, Preiselbeeren, Brombeeren, jagten Vögel und fingen flügge Tauben, um sie zu verspeisen. Wir bettelten bei den Bauern um ein Stückchen Brot und um ein Glas Milch und waren dankbar, wenn sie uns Essensreste überließen. Und wie Du siehst, haben wir überlebt. Wenn wir frühmorgens aufwachten, so fragten wir zuerst, Mutti, was hast Du geträumt. Unsere Augen hingen dabei an ihren Lippen. Und wenn über ihr Gesicht ein Lächeln huschte und sie den Kopf ein wenig zur Seite neigte und tat, als könne sie sich nicht an das Geträumte erinnern, dann jubelten wir. Dann wussten wir, dass sie einen wundervollen Traum hatte. Mutti malte dann umständlich aus, wie sie Flöhe und Läuse von unseren Köpfen aufgelesen hatte und knackte. Das bedeutete nach ihrer Lesart, dass wir spätestens am nächsten Tag ein Paket mit den auserlesensten Leckereien dieser Welt erhalten würden. Palmin, Hülsenfrüchte, Mehl, Fischdosen, Hartwurst und anderes. Nach solch froher Botschaft lungerten wir Kinder vor dem Haus herum und warteten auf den Boten, der das Care-Paket in der Regel brachte. Da schlich die Zeit im Lupentempo dahin und wollte nicht vergehen. Bernd, ich versichere Dir bei allen Heiligen, dass meine Mutter eine begnadete Hellseherin war. Ihre Prophezeiungen erfüllten sich stets. Ich mochte etwa vierzehn Jahre zählen, da versetzte mich der Hunger in einen wirren Zustand. Ich konnte unsere familiäre Situation nicht mehr ertragen. Ich verließ an einem Abend die Unterkunft, strich durch die Straßen, spähte in jedes erleuchtete Fenster und suchte etwas. Wonach? Ich hätte es nicht sagen können. Vor einer Kneipe blieb ich stehen. Da saßen sie, satte Bürger unserer Stadt, in geselliger Runde, tranken Bier, aßen Würstchen und lachten mit zufriedenen Bäuchen. Ich hatte mich in der anbrechenden Dunkelheit hinter einen Baum versteckt und beobachtete das Geschehen. Lauerte, hörte ihr Gelächter, verstand nichts und hatte eine unsägliche Wut in mir. Schließlich erhob sich ein rundlicher, kurzbeiniger Typ vom Tisch, verließ die Gaststätte, wankte zu einer Hausecke und pisste. Ich schlich mich von hinten an ihn heran, ergriff einen schweren Stein und schlug auf ihn ein. Er stöhnte auf, sank nieder und hob flehentlich die Arme. Ich aber durchwühlte seine Taschen, fand seine Geldbörse und hastete davon. An einem ruhigen Ort durchsuchte ich sein Portmonee, entnahm das darin befindliche Geld und warf die Börse fort. Die Beute war groß. Für unsere Verhältnisse hatte ich Geld, viel Geld, schmutziges Geld, verfluchtes Geld erbeutet, kaufte davon zwei warme, duftende Brote und viele wohlriechende Würstchen. Zu Hause schaute mich Mutter mit Angst geweiteten Augen an, Vater vergaß seine Schmerzen und meine Geschwister balgten spielerisch wie junge Rüden um die besten Brocken. Keiner fragte nach dem woher, denn wir konnten uns von dem Geld fast eine Woche lang ernähren. Ich war glücklich und stolz und wusste, dass ich berufen war, meine Familie zu ernähren und welchen Beruf ich zukünftig nachgehen werde. Ja, das war meine erste Straftat und so begann meine kriminelle Karriere. Nach zwei Jahren war ich ein Routinier für Raubüberfälle. Danach verlegte ich mich auf Einbruchdiebstähle. Sie schienen mir profitabler und weniger riskant zu sein. Den ersten Bruch beging ich mit Paul, einem Kumpel. Wir hatten eine Villa eines Großunternehmers ausgekundschaftet und fanden schnell heraus, dass er fast jedes Wochenende zu seinem Ferienhaus nach Kampen auf Sylt fuhr. Die Nacht vor dem Zugriff konnte ich vor Aufregung nicht schlafen. Ein Alp lag auf meiner Brust und die Stirn glühte mir. Ich machte mir Sorgen, wer meine Familie ernähren würde, wenn die Sache schief laufen würde. Aber es lief alles wie geplant. Wir brachen in der Tatnacht gegen ein Uhr auf. Die Villa zeichnete sich im silbrigen Dunst des Mondes schattenhaft ab. Wir huschten durch den Garten zum Objekt. Mein Kumpel öffnete mit geübten Handgriffen das Türschloss, es knackte leise. Wir betraten das Innere des Hauses. Ich erschrak. Hörte ich nicht Schritte, vorsichtig und zögernd? Meine Beine drohten mir einzuknicken, ich wollte meinen Kompagnon warnen, doch die Kehle war mir zugeklebt. Eine Uhr schlug zwei mal. Plötzlich blendete mich Licht. Mein Kumpel leuchtete mich mit der Taschenlampe an und fragte:

„Was ist mit Dir? Willst Du nicht mehr?"

Ich zitterte vor Angst und er sah mich voller Häme an.

„Los, komm, stell Dich nicht an!"

Er lief geduckt voran und ich folgte ihm willenlos. Was sollte ich auch anderes tun. Wir betraten verschiedene Zimmer, er leuchtete die Wände mit der Taschenlampe ab, schob in einem großen Salon ein Bild beiseite und pfiff durch die Zähne. Wir hatten den Tresor entdeckt. Ich fühlte, wie mir das Blut zu Kopfe stieg. Er hantierte und hantierte und mir schien die Zeit nicht zu vergehen, bis er sagte:

„Es ist geschafft. Gib mir die Tasche!"

Er warf Bündel von Geldscheinen aus dem Tresor in den Beutel. Ich stand starr, dann wirbelte er voraus zur Haustür, ich folgte ihm wie benommen. Wir rannten zu unseren Rädern. Nach kurzer Strecke verließen mich alle Kräfte. Mir war, als hätte ich mir den Magen verdorben. Schmerzen zerrissen mir die Gedärme und ich glaubte, ich müsste sterben. Paul stellte fest:

„Du hast Dir in die Hosen geschissen, die Scheiße kleckert Dir aus den Hosenbeinen. Das bringt Glück. Der Teufel holt sich nur feine Leute."

Er lachte laut. Die Folter meines Leibes ließ nach, Paul schleppte mich nach Hause. Dort zählten wir das Geld. Wir hatten viel erbeutet und setzten die Brüche fort. Unser Kalkül ging auf. Irgendwann wurden wir in flagranti ertappt, doch die begangenen Brüche hatten sich gelohnt. Ich musste einige Monate absitzen und wurde von Knastbrüdern über das Verhältnis von Risiko und Gewinn der einzelnen Straftaten belehrt. So verließ ich gereift und aufgeklärt den Knast mit dem festen Willen, meinen Unterhalt zukünftig auf sichere Beine zu stellen. Gifti, Du bist vielleicht erstaunt, was ich aus dem ersten zweijährigen Gefängnisaufenthalt gelernt habe. So viel mir zugetragen worden ist, befindest Du Dich mit Deinen 47 Jahren zum ersten Male in einer Besserungsanstalt. Du musst bedenken, dass Armut und Hunger die Essenz meines Lebens waren. Es gab nichts, was mich zu einer moralischen Entwicklung angehalten hätte. Als sich die Tore des Knastes hinter mir schlossen, mietete ich im besten Hotel der Stadt eine Suite und begab mich in den späten Abendstunden in den geschlossenen Bereich des Hotels. Ich füllte einen Antrag auf Mitgliedschaft im Spielerclub mit falschen Personalien und Beruf aus. Dem Türsteher flüsterte ich den Namen meines Protegés aus dem Gefängnis zu, er verbeugte sich und ich durfte passieren. So fand ich Eingang zur besseren Gesellschaft und lernte hier, wie man sich manierlich benimmt. In der Vorhalle standen einige Damen herum und plauderten miteinander. In einem größeren Saal wurden Getränke und Speisen serviert, in einem kleinen Saal saßen Herren um drei Tische, rauchten und spielten schweigend und mit verbissenen Gesichtern Roulette, Black Jack und Poker. Ich studierte beim

Roulette jedes Gesicht der Spieler und überlegte, wie ich sie am besten abzocke. Es waren wohl Doktoren, Direktoren, Unternehmer, Glücksritter, denen Geld nichts bedeutet. Moralische Invaliden, aber angesehene Bürger. Sie verspielen hohe Beträge, stürzen sich in Schulden, überlassen ohne Gewissensnot Frau und Kinder sich selbst und traten nach Außen als ehrenhafte und verantwortungsvolle Männer auf, sind aber verantwortungslose Subjekte. Sie spielen und spielen, warten auf den Kick und übertünchen damit ihre ausgetrocknete Seele, die ihnen die Spannung und den Inhalt des alltäglichen erfüllten Augenblicks zu erleben verwehrt. Ich setzte blind auf eine Zahl, gewann, strich die Jetons gleichgültig ein und wanderte zum nächsten Tisch. Eine elegant gekleidete Dame sprach mich an, während ich das Kartenspiel verfolgte.

„Ich sehe Sie hier zum ersten Mal und habe Sie verfolgt. Es scheint, dass Sie ein Glückskind sind."

Sie war nicht hübsch, aber strahlte einen schwer fassbaren Reiz aus.

„Nein, ein Glückspilz bin ich nicht. Ich wollte mir das Geschehen hier einmal ansehen. Mich reizt das Unbekannte. Ich bin Kunstmaler in meiner freien Zeit und dachte, hier könnte ich ein Motiv für ein Gemälde finden. Ich möchte Ihnen nicht zu nahe treten, aber ich glaube, ich habe ein Motiv gefunden. Wenn Sie so liebenswürdig wären und mir einige Zeit widmen könnten? Sie sind ein fantastisches Modell." Die Unbekannte fühlte sich geschmeichelt. Sie lehnte sich lässig an eine Wand an, zündete sich eine Zigarette an und blies den Rauch in die Luft. Sie schaute mich prüfend an und stellte fest:

„Sie haben nicht das Outfit eines Künstlers."

Ich korrigierte mich.

„Ach, ich war schon immer ein Dummkopf. Hauptberuflich bin ich Prokurist.

Die Malerei ist mein Hobby ..."

Meine Aussage weckte ihr Interesse.

„Ein Prokurist? Da schickt Sie mir der Himmel. Mein Mann ist vor einem Jahr verstorben und hat mir ein Altwarengeschäft hinterlassen. Unser Unternehmen beschäftigt sich mit Ankauf und Verkauf von Möbeln, Teppichen, Schmuck, Gemälden und Skulpturen. Ich bin mit der Buchführung völlig überfordert. Ich suche einen Buchhalter und finde keinen. Helfen Sie mir. Kommen Sie doch morgen zum Tee, dann können wir ungestört miteinander plaudern."

Ich sagte zu, begleitete sie zur Garderobe und half ihr in den Mantel. Es war ein heller Nerz.

Meine Erfahrungen gehen dahin, dass es nicht schwierig ist, eine Frau zu verführen, aber es unsägliche Mühe macht, einflussreiche Frauen kennenzulernen, die man noch nicht verführt hat. Ich habe die

Unbekannte am nächsten Tag aufgesucht. Ihr Anwesen war groß, ihr Haus war herrschaftlich. Sie empfing mich in einem prachtvollen, pompös ausgestatteten Zimmer, wie ich es noch nie gesehen hatte. Sie bot mir Likör an, wir speisten zu Mittag und schlossen mündlich einen Vertrag. Ich sollte die Geschäfte ihres Unternehmens führen, erhielte 20% vom Geschäftsgewinn und bekäme eine Wohnung in ihrem Hause zugewiesen. Wir hatten uns gerade mit Handschlag geeinigt, da kam sie auf mich zu. Sie umarmte mich, drängte sich mit ihrem weichen, warmen Körper an mich und ich spürte, wie sich ihre zarten Lippen gefühlvoll auf meinen Mund pressten. Ich wurde wie berauscht und trunken, merkte, wie wir hinsanken und ich leidenschaftlich mich in sie verströmte. Mit der Ernüchterung wurde mir bewusst, dass ich noch nicht einmal wusste, welchen Vornamen sie hat. Ich stellte mich vor:

„Ich bin der Bernd und Du?"

Sie fand die Situation irgendwie komisch und schüttelte sich vor Lachen.

„Meine Liebhaber und meine Freunde rufen mich Elfi. Getauft worden bin ich auf Elfriede und Brunhild."

Ich sagte:

„Du bist sehr stürmisch."

Sie erklärte: „Mein Mann war über zwei Jahre sehr krank und hinfällig, bevor er starb. Und danach habe ich ein Jahr lang auf einen Prokuristen gewartet."

Ich begriff und dachte, o Gott, sie liebt mich wirklich. Sie ist ausgetrocknet wie eine Wüste und wartet auf den Regen. Und ich, soll ich das Spiel weiter treiben? Ich trieb es weiter. Ich verschwieg Elfi, dass ich gerade aus dem Knast kam und ein sehr bewegtes kriminelles Leben hinter mir hatte... Von kaufmännischen Dingen hatte ich zwar keine Ahnung. Aber ich bin ein Dynamiker, kann Bäume ausreißen und Menschen überzeugen. Ich traute mir zu, ihr Geschäft erfolgreich zu leiten. Ich arbeitete mich in die neue Materie schnell ein, fand Freude daran und vertrat es gewinnbringend... Das Geschäft lief gut, nach einem halben Jahr heirateten wir, nach einem weiteren halben Jahr bekamen wir einen Sohn. Die Nachricht davon erhielt ich, als ich gerade einen Heuballen, der mit einem blau gefärbten Kunststoff verpackt war, von der Wiese eines Bauern abgeholt, den ich mit Christo signiert und als Original des großen Meisters für sehr viel Geld einem Kunstsammler verkauft hatte. Ich war überglücklich und machte mich sofort auf den Weg ins Krankenhaus, in dem Elfi unser Kind entbunden hatte. Es war ein Sohn. Wir hatten uns schon zuvor auf den Namen Salomo geeinigt, er war für uns der Hoffnungsträger für Frieden, Weisheit und Wohlstand. Die Welt schien mir auf den Kopf gestellt. Ich hörte Goldfische singen, sah Amseln im Wasser schwimmen und Esel in den Lüften fliegen. Ich selbst saß auf einer Wolke hoch über allen Dingen und versprach leichtsinnig die Hälfte meines gerade eingefahrenen Geschäfts der Heiligen Maria als Dank für das Wunder. Da lag der kleine Salomo in seinem Bettchen, verknittert und verknautscht und schlief friedlich seiner Zukunft entgegen. Ich umarmte und küsste meine Elfi und fand nur wenige Worte: „Du bist wundervoll, ihr seid wundervoll. Wir haben nur ein Leben, es ist kurz und geht schnell dahin. Doch wir werden mit ihm in die Zukunft schreiten. Hoffen wir, dass sein Leben so bunt und glücklich wird wie unseres. Die Entscheidung über sein Schicksal ist schon längst gefallen, lautlos und noch vor seiner Geburt. Wir kennen sie nur nicht."

Ich saß auf der Kante des Bettes, in dem Elfi lag. Sie legte ihre Arme um meinen Nacken, blickte mich beseelt an und sagte nichts. Ein Schmetterling hatte sich durch das geöffnete Fenster im Zimmer verirrt. Er tanzte im Zick-Zack-Reigen beschwingt durch den Raum, ließ sich am Nachttischchen nieder und nippte an den Essensresten des abgestellten Tellers. Dann flog er auf. Ich folgte ihm mit den Augen. Er suchte einige Zeit taumelnd das Freie, fand das Fenster und entschwand, wie er gekommen war.

Unser Glück dauerte nur drei Monate. Elfi wollte dem Kleinen spät abends die Brust geben. Ich sah, wie sie sacht die Hand auf die Klinke des Schlafzimmers legte, die Tür vorsichtig öffnete und auf Zehen in das Zimmer schlich. Dann hörte ich sie schreien. Es war ein schriller Schrei, ein Schrei der Klage, des Entsetzens, der Qual. So, als ob einem Menschen die Seele aus dem Leib gerissen würde. Ich stürmte ihr nach in den Nachbarraum. Dort stand Elfi, sie bebte am ganzen Körper und rang nach Luft in nicht endender Ekstase. Sie hielt unseren Sohn an sich gepresst mit einem verwirrten Ausdruck ihrer Augen. Was sollte ich tun, was war geschehen? Ich versuchte, ihr das Kind zu entreißen, vergeblich. Ich zog sie an mich, umklammerte Mutter und Sohn und herzte sie. Elfis Blicke wurden leer, sie küsste unseren Salomo und sank bewusstlos zu

Boden. Ich fing sie auf und legte sie mit dem Baby aufs Bett und sah endlich. Unser Kind war tot, ein Stern war erloschen. Er hatte uns verlassen."

Fred hielt kurz inne, schluckte und wischte verstohlen Tränen aus den Augen. Dann fuhr er fort:

„Mir wurde schmerzhaft bewusst, dass es im Leben einen Anfang und ein Ende gibt und wir keinen Einfluss auf die uns geschenkte Zeit haben. Wohl zum ersten Male philosophierte ich über Leben und Tod und kam zu befreiender Erkenntnis. Für Materialisten erscheint der Tod nur noch als das schlechthin Negative, als Antithese zum Leben, als Sackgasse der Existenz. Das Leben wird zum großen Umsonst. Wir leben nur einmal, mit Verdiensten oder ohne und dann ist Schluss. Während der vergangenen Haftzeiten hatte ich die Zeit genutzt und im Fernstudium einige Semester Psychologie und Philosophie studiert und mich vor allem mit den Ideen der Existenzphilosophie auseinander gesetzt. Ich bejahe den Tod als Bestand unserer Existenz und glaube, dass die Existenz, das Sein als solches, im Gegensatz zur Zeit als subjektives Element des Existierens, nicht als zeitlich und räumlich begrenzt vorgestellt werden darf. Unser Sein hat keinen zeitlichen Endpunkt, der materielle Leib sehr wohl. Ich glaube an ein Fortexistieren des Menschen nach dem Tode, in welcher Form auch immer. Dieser Gedanke gab mir seinerzeit Hoffnung, Lebenssinn und die Kraft, den Schmerz über den Tod von Salomo zu überwinden. Die Ärzte diagnostizierten bei Salomo einen Kindstod, jenes unerwartete und unerklärliche Versterben eines Säuglings, das unseren Glauben an die Gerechtigkeit des Allmächtigen mit einem Schlag erstickt. Nun, wir beerdigten unser Kind. Ich musste weinen und schämte mich deshalb nicht. Elfi blieb wie versteinert. Stumm, betäubt, taub. Mit Salomo waren auch ihre Gefühle gestorben. Sie weinte nicht, sprach nicht über das Geschehen, lehnte Gespräche ab und erledigte ihre Alltagsaufgaben mechanisch. Ich durfte sie nicht berühren und nicht lieben. Sie war weit weg von mir und wie zu Eis erstarrt. Ich habe lange Zeit darüber nachgedacht, was sie innerlich bewegt. Ich meine, es war nicht nur der Verlust ihres Kindes, nicht der unvorhersehbare Schicksalsschlag, sondern was hinter dem sinnlichen Augenschein die Wahrheit ist. Das existentielle Problem heißt, warum der allmächtige und gütige Gott es zulässt, dass ein unschuldiges Kind stirbt, dass Millionen von Menschen von Krankheit hingerafft, verfolgt, ausgehungert und ermordet wurden und werden. Da stellt sich die Frage nach dem Sinn unseres Daseins und die Frage der Berechtigung eines Glaubens an eine liebende und beschützende Allmacht. Es gibt sie nicht, diese Macht, es sei, wir selbst realisieren Liebe und Schutz. Sonst sind wir nicht mehr als Ausgelieferte von Widersinn. Das hatte wohl Elfi begriffen und in die Depression, in die Hoffnungslosigkeit getrieben. Ich ertrug eine gewisse Zeit die Entfremdung von Elfi und merkte, dass ihre Veränderung auch mich veränderte. Als wir eines abends wie immer in letzter Zeit schweigend zu Bett gingen, sprach sie mich plötzlich an. Sie sagte, dass sie es sehr bedauere, dass wir unsere Trauer nicht geteilt hätten. Sie liebe mich nach wie vor und wünsche ein weiteres Kind von mir. Ich war fassungslos, von unsagbarer Freude erfüllt und zugleich ratlos. Denn in jenen Tagen hatte ich eine Gisela W., eine Kundin, kennengelernt. Sie wohnte in unserer Nähe, war geschieden, fünf Jahre älter als ich und besaß alle Vorzüge einer Geliebten. Wir trafen uns öfter, fanden Gefallen aneinander und schliefen miteinander. Elfi wusste nichts von dieser Beziehung, der Gisela erzählte ich, ich hätte bereits die Scheidung von meiner Frau eingereicht. Gisela ist sehr emotional veranlagt, ist sehr sensibel und verständnisvoll, sehr ordentlich, ein ästhetischer Typ. Meine Frau ist auch ein gefühlvoller, anständiger Mensch, aber hat nicht die Werte, die ich bei Gisela entdeckte. Gisela kann nicht lügen, sie kann nichts Unrechtes tun. Was sie sagt, das stimmt. Sie hat für mich letzte Maßstäbe gesetzt. Elfi ist mir geistig unterlegen, sie ist ordentlich, verlässlich, fürsorglich, sie ist eine Mutter und hat diese Rolle gern eingenommen. Ich bin erotoman. Ich kann Frauen nicht widerstehen, verfalle ihnen und weiß, du musst ihnen schmeicheln, sie bewundern, ihnen helfen, dann bekommst du sie ins Bett. Was soll ich um den Brei kreisen, ich verliebte mich in Gisela und sie verliebte sich in mich. Gisela ist für mich ein Denkmal des Anstandes, der Charakterfestigkeit und der Moral, Elfi ist für mich der Maßstab für menschliche Güte, Nachsicht und Warmherzigkeit. Elfi und Gisela wurden von mir schwanger und beide Frauen entbanden am ersten Dezember Zwillinge. Nun konnte ich meiner Frau das Verhältnis zu Gisela nicht mehr verschweigen. Ich konnte mich von keiner Frau trennen, wollte allen Kindern ein guter Vater sein. Ich brachte ihnen Süßigkeiten und Geschenke, tobte mit ihnen herum, spielte mit ihnen und liebkoste sie. Ich war mal hier, war mal da, es ist der Stoff für ein Sittendrama. Soll ich es schildern? Beide Frauen wussten voneinander. Anfangs genoss ich die Rivalität zwischen den Buhlen. Jede Frau setzte alles daran, mich sexuell und in jeder Hinsicht zu verwöhnen. Ich wurde erwartet und ersehnt, war begehrt. Bis dahin bin ich nie in meinem ganzen Leben so geliebt worden. Allmählich änderte sich aber die Situation. Meine Frau hielt mir vor, Du bist ja nur noch bei Gisela. Du hast schon sechs Wochen mit mir nichts zu tun. Um sie an mich zu binden und aus Angst, meine Frau zu verlieren, habe ich ihr im Laufe der Jahre drei weitere Kinder gemacht. Im gleichen Zeitraum warf mir Gisela vor, Du musst ja Deine Frau über alles lieben. In den letzten Tagen bin ich Dir gleichgültig geworden. Du versagst immer öfter bei mir. Wir haben einverständlich ein drittes Kind gezeugt. Beide Frauen haben auf mich eingeredet. Ich sollte mich für sie entscheiden. Es war nicht leicht für mich. Einmal bin ich erschöpft, völlig erschöpft von Gisela nach Hause gekommen. Dann erzählte mir Elfi ganz nebenbei, dass unsere älteste Tochter gesagt hätte, eine

Nachbarin habe sich bei ihr erkundigt, mit wem ich eigentlich verheiratet sei. Elfi berichtete mir davon mit Häme und Spott. Da sind die Nerven mit mir durchgegangen. Ich habe irgendetwas gebrüllt und Elfi eine Ohrfeige verpasst. Ich bin zur Gisela gerannt und habe ihr von meinem Wutanfall berichtet. Und sie meinte seelenruhig, worüber ich mich eigentlich aufregen würde. Als Bock mit zwei Frauen und sechs Kindern müsste man mir noch ganz andere Dinge vorhalten. Da hat sich die gleiche Situation wiederholt. Ich habe auch ihr eine Backpfeife gegeben. Gifti, Du kannst Dir nicht vorstellen, was ich allein physisch durchgemacht habe. Nicht nur im körperlichen Bereich, sondern auch im sexuellen Bereich. Es war ein jahrelanger Stress, ein Kampf gegen diese Frau und für jene Frau und ein Kampf gegen jene Frau für diese Frau. Diese beiden Kontrahenten, die auf mich eindrangen, erreichten, dass ich einen Selbstmordversuch unternahm. Ich schluckte Schlaftabletten im Gefühl, dass mir dadurch eine unheimliche Macht zuwachsen würde. Ich dachte, dass ich mit einem Schlag alle Probleme gelöst und ich es jetzt allen gegeben hätte. Meine Elfi würde sich sagen, oh, wir waren doch ungerecht zu ihm. Und Gisela würde sich sagen, ich hätte zu ihm doch einfühlsamer sein sollen. In diesen zehn Minuten, in denen ich die Tabletten hinunter würgte, hatte ich die schönsten Träume meines Lebens. Doch dann erschienen die Kinder vor meinen Augen und ich schämte mich, dass ich bereit war, sie zu verlassen. Ich habe für sie immer gesorgt. Sie sind auf der Welt, um geführt und beschützt zu werden und nicht um zu leiden. Ich habe meinen Selbstmordversuch abgeblasen. Den Konflikten mit meinen Frauen war ich letztendlich nicht gewachsen. Ich bekam öfter psychische Krisen, hatte Schweißausbrüche, Schluckbeschwerden, Schlafstörungen und Albträume, war leicht erregbar und schnell gereizt. Als mich eines abends sowohl Gisela als auch Elfi abwiesen, ging ich voller Wut und Zorn in die Stadt. Vor einem Freudenhaus bot mir eine Prostituierte ihre Dienste an. Ich folgte ihr. Auf dem Bett reagierte ich meinen Frust an ihr ab, brachial und auch mit Gewalt. Sie war zu allen Liebesspielen bereit, hatte Gefallen an unseren S-M-Praktiken und ich kämpfte bis zur völligen körperlichen Erschöpfung. Das war der Anfang von meinem Ende. Ich wich in der Folgezeit Partnerkonflikten aus, kehrte in Absteigen ein, ließ viel Geld zurück und verließ diese verruchten Orte im ausgeglichenen Zustand. Um das Geschäft kümmerte ich mich immer weniger. Zwei Familien zu unterhalten ist kostspielig. Ich verschuldete mich, betrog Kunden, beging Diebstähle, erpresste Schwarzhändler. Und bin nun im Knast nach einer Periode kleinbürgerlicher Lebensführung. Als ich eingeliefert wurde, konnte ich mich nicht mehr konzentrieren. Wenn ich Besuch bekam, fing ich nach ein paar Minuten an zu flennen. Ich konnte nicht mehr Briefe schreiben, weil meine Hände so flatterten und zitterten. Ich verlor sehr schnell die Selbstkontrolle und bekam Angst vor mir selber. Ich wälzte mich in der Nacht von der einen Seite zur anderen und konnte nicht schlafen. Der Anstaltsarzt verordnete mir Tabletten, die mir halfen. Dann durften mich meine Frauen besuchen. Sie halten zu mir und ich zu ihnen. Sie stecken mir Geld zu und ich verspreche jeder, bei ihr zu bleiben. Ich fühle mich hier vor ihren Forderungen, sie sind allzu berechtigt, sicher. Nach drei Jahren ist meine Zeit um. Was dann? Zwei Frauen und sechs Kinder warten auf mich und alle bauen darauf, dass ich mich für sie entscheide. Welch ein Dilemma! Hast Du eine Lösung für mich?"

Die „Ente" schob ein Buch beiseite, das auf dem Tisch lag und wandte sich „Gifti" zu.

„Nun, mein Lieber, ich habe wohl über eine Stunde lang meine Geschichte vorgetragen. Es ist fast eine Lebensbeichte geworden. Weshalb bist Du eigentlich hier?"

Bernd sah ihn an und schien sich über Fred lustig zu machen. Er wägte ab. Sollte er sein Stillschweigen brechen?

Er brummelte mürrisch: „Das geht keinen etwas an. Ich muss erst darüber schlafen."

Der nächste Tag war ein Sonntag.
Fred fragte: „Kumpel, kommst Du mit in die Kirche?"

„Nein, ich bin Atheist."

„Das macht nichts. Das Wort Gottes hat noch keinem geschadet. Außerdem ist es die beste Möglichkeit, Geschäfte abzuwickeln und es durchbricht die Eintönigkeit des Alltags."

„Sprich nicht davon. Ich will mit euren Geschäften nichts zu tun haben."

„Gifti, kannst Du mir etwas Geld pumpen? Ich habe nicht genug und bekomme erst nächste Woche Besuch von Elfi."

Gifti kramte in seinem Versteck und gab der Ente einen 20-DM Schein mit der Bemerkung:
„Du nervst mich."

Als der Kirchgang aufgerufen und die Zelle aufgeschlossen wurde, trat Fred in den Gang und marschierte mit den anderen Häftlingen in einer Kolonne zum Gottesdienst. Der Pfarrer predigte aus dem Johannesevangelium über die Bedeutung der Worte: „Jesus sagt, ich bin die Auferstehung und das Leben; wer an mich glaubt, der wird leben, ob er gleich stürbe." Fred lauschte zunächst der Predigt. In seiner Kindheit war er Messdiener gewesen, hatte sich ein frommes Herz bewahrt und im Studium sich mit der angesprochenen Problematik beschäftigt.

„Wer von euch drängt die Angst vor dem Tode von sich ab? Heute fällt das den meisten nicht mehr so schwer wie in den früheren unaufgeklärten Tagen. Doch die Uhr schlägt, jede Stunde ist eine Stunde näher zum Grab. In unserer Zeit lebt man in den Tag hinein, die Kürze des Lebens wird nicht bedacht. Die Furcht vor dem Tode schrumpft, die Furcht vor Alter und Armut ist quälender geworden als das Denken an den Tod und was danach kommt. Hinter dem Tod versteckt sich ein neues Leben. Dann betreten wir eine andere Welt. Das ist die christliche Auferstehungshoffnung. Freilich: Hinter dem Sterbebett des Sünders steht der Satan mit geschärften Krallen, hungrigen Augen und aufgerissenem Schlund. Er will unsere Seele. Das macht Angst. Den reuigen Sünder erwarten dagegen Friede, Glückseligkeit, Ruhe und inneres Wohlergehen. Wie aber erreichen wir dieses Ziel? Gott hat uns durch den Mund von Jesus das Geheimnis dafür entschlüsselt. Jesus war zu seiner Zeit ein Erneuerer, ein Revolutionär, ein geistiger Aufrührer. Er hielt sich nicht an das geltende Gesetz. In seiner Zeit galt das Gesetz Auge um Auge, Zahn um Zahn. Er aber sagte, was dir angetan wird, tue keinem an. Liebe deinen Nächsten wie dich selbst. Die Liebe ist langmütig, gütig, ereifert sich nicht, prahlt nicht, versteht und verzeiht, sucht nicht ihren Vorteil, trägt das Böse nicht nach, freut sich nicht über das Unrecht, sondern erfreut sich an der Wahrheit. Lebt in der Liebe und ihr könnt des ewigen

Lebens sicher sein. Denn Leben und Liebe sind eins."
Fred hatte genug gehört und manches in sich aufgenommen. Nun beteiligte er sich an dem verbotenen Handel von Angebot und Nachfrage, hauchte seine Preise vor sich hin, schob sich geschickt durch die Reihen der gläubigen Gefangenen und erwarb fünf Gramm Haschisch und zwei Pillen Benzos für 40 DM. Er kehrte zufrieden in seine Zelle zurück, öffnete dort sofort ein Fenster, zündete sich einen Joint an und blies den Rauch nach draußen. Er wandte sich gelöst und entspannt an Bernd. Der tat unbeteiligt. Die Ignoranz von Bernd reizte Fred. Er konnte dessen Schweigen nicht länger ertragen und begann ein Gespräch:
„Also, was hat Dich hier reingebracht? Kannst es mir erzählen. Ich bin schweigsam wie ein Grab. Wir sind beide Knackis, wohnen in einem Raum und können ehrlich zueinander sein. Man will ja wissen, mit wem man es zu tun hat. Du brauchst Dich nicht vor mir zu fürchten, jedes Geheimnis bleibt bei mir geheim."
Der vertrauensvolle und einschmeichelnde

Ton von Fred machte Bernd unvorsichtig. Er ließ sich in das Gespräch ziehen.
„Was soll ich sagen. Da ist jemand ums Leben gekommen."
„Wie das?"
„Ich habe es vergessen."
„Was man vergisst, fehlt einem später im Leben. Es wird ein blinder Fleck."
„Es ist ein Rätsel und bleibt ein Rätsel."
„Wer ist ums Leben gekommen?"
„Die ältere Schwester von meiner Frau."
„Und wie?"
„Sie hat vergifteten Pudding gegessen."
„Und was hast Du damit zu tun?"
Bernd zögerte.
„Es ist eine lange Geschichte. Ich liebe sie noch immer, die Steffi. Ihre schlanke Gestalt, den Duft ihrer schwarzen Haare, ihre verträumten Augen, ihre zarte Haut. Ich blickte zu ihr auf und bewunderte sie wie den Sternenhimmel in klarer Nacht. Sie war mir treu, bis die bösen Mächte sie zu einem unziemlichen Lebenswandel verführten. Sie gab sich willenlos der Wollust des Fleisches hin und man schwängerte sie. Ich wollte sie befreien von der Teufelsbrut,

aber die mächtig fortwirkende Gewalt des Bösen war stärker als ich. Ich bat sie, sich von der Sünde zu reinigen und das Kind abzutreiben. Sie lehnte ab. Ich schlug und trat gegen ihren Leib. Ohne Erfolg. Sie hatte keine Sturzgeburt und behielt das Nichtgeborene, trennte sich statt dessen von mir und brachte einen Jungen lebend zur Welt. Da wusste ich, dieser Kretin entzweit uns voneinander, es ist ein Kind des Satans. Sein Daseinssinn besteht darin, unsere große und einmalige Liebe zu verhindern. Er ist zur Welt gekommen, um meine Liebe zu Steffi auf die Probe zu stellen. Nun muss ich mich beweisen. Und ich werde es tun. Wahre Liebe beendet die Nullität des Menschen, nimmt uns jede Furcht, schenkt uns Kraft und Mut. Steffi gehört mir, nur mit ihr bin ich Mensch."
Die „Ente" hakte nach:
„Mir scheint, dass Deine Liebe sehr selbstsüchtig ist. Du kannst nicht ohne sie leben. Aber dahinter steckt Deine Furcht vor dem nächsten Tag, vor den Anforderungen, vor den Belastungen, vor anderen Menschen, vor Vorgesetzten, vor

Enttäuschungen, vor dem eigenen Versagen, vor dem Leben selbst. Du fühlst Dich unterlegen und dem Leben nicht gewachsen. Steffi ist Dein Rettungsring, Dein Lebenselixier. Ist das Liebe? Hast Du Dich nur einmal gefragt, was Du ihr bedeutest und wie Du Dich zu ihr verhalten hast?"

„Ich liebe sie, sie liebt mich, es kann nicht anders sein. Kennst Du Liebe ohne Selbstsucht? Wie war es bei Dir?"

„Euer Kind, hat es nicht Eure Gemeinsamkeit gestärkt?"

„Es ist nicht unser Kind. Es ist ein Kuckucksei. Es hat uns gespalten, uns auseinander getrieben, uns verfeindet. Es steht zwischen uns. Wie ich beweisen kann, bin ich nicht der Erzeuger des Bastards und sollte dennoch Alimente zahlen. Wie Hiob klagt: Dem Bösen geht es wohl auf Erden, der Gerechte aber wird zum Gespött der Bürger. Das Kind macht mich nicht nur zum Gespött, es will mich vertilgen, es will mich ersäufen im schmutzigen Wasser der Lüge. Und wird gelenkt von den Mächten der Unterwelt."

Die „Ente" fand keine Worte, auf diesen Irrsinn zu antworten. Er fühlte sich verlegen, betäubt und hilflos und verstand doch in furchtbarer Klarheit, dass vor ihm ein Geistesgestörter saß. Er beugte sich zu „Gifti" nieder und fragte mit vibrierender Stimme:
„Und wie hast Du das Problem gelöst?"
„Ich habe Kinderbrei vergiftet und es als Werbeartikel der Steffi zugeschickt in der Hoffnung, sie würde damit das Kind füttern. Die Schwester von Steffi hat sich den Brei angerichtet und gegessen und ist daran verstorben. Das habe ich nach ihrem Tod erfahren."
„Du hast also einen Menschen getötet?"
„Habe ich nicht. Es ist passiert, die Schwester brauchte ja nicht den Brei essen. Welcher Erwachsene isst schon Kindernahrung. Ihre Eltern waren ebenso gierig auf den Kinderbrei, konnten sich nicht zurückhalten, haben aber überlebt. Das Kind ist mit Glück davongekommen, der Satan wollte es noch nicht haben. "
Der zynische, frostige Ton von Bernd drang ins Innerste von Fred.

„Wie stellst Du Dir Dein weiteres Leben mit dieser Gewissenslast vor?"
„Wieso Gewissenslast?
Ich habe mit dem Tod von Katrin nichts zu tun. Und meine Zukunft? Ich hoffe auf eine Halbzeitstrafe. Ich bin schließlich ein vorbildlicher Gefangener. Nach meiner Entlassung werde ich den Bastard töten, der Bann des Bösen wird seine magische Kraft verlieren und Steffi und ich werden wieder vereint sein."
„Du willst allen Ernstes ein Kind töten? Willst das Frühlicht, das den kommenden Tag begrüßt, auslöschen? Willst die Hoffnung aus der Welt schaffen und unendliches Leid über Menschen ausgießen?"
„Nein, nein, Du siehst es falsch. Weil ich leide, werde ich die Ursache meines Leids beseitigen. Tausende von Frauen gehen diesen Weg, wenn sie ein Kind nicht gebären wollen und die auf sie zukommenden Pflichten und Lasten scheuen. Mir scheint unerheblich, ob das Übel im dritten Lebensmonat oder im fünften Lebensjahr behoben wird. Es muss beseitigt werden, wann auch immer, damit das

Glück wieder seinen Wohnsitz bekommt und Steffi und ich glücklich, sorglos und zufrieden leben können."
Fred war ratlos. Er wollte etwas Verbindliches sagen und konnte es nicht. Da begegnete er einem Menschen, der sich selbst mit Wahnideen zerfleischte und gierig bereit war, Genugtuung von einem unschuldigen Kind zu fordern, um sein vergiftetes und krankes Herz zu befrieden. Er fragte leise:
„Du hast von Deinem Plan nicht abgelassen?"
„Ich sagte doch, das Kind muss sterben. Ich brauche Steffi, wir brauchen uns. Es ist Lust, die Leidenschaft, die Gier, das fleischliche Verlangen. Sie ist ein Teil von mir. Ich kann ohne sie nicht leben. Sie ist für mich Mitgefühl, Zärtlichkeit, Fürsorge und Liebe, all das, was das Leben lebenswert macht. Je länger wir voneinander getrennt sind, desto heftiger begehre ich sie."
„Du bist ihr hörig, obwohl sie Dich verlassen hat?"
„Vielleicht."
„Tötest Du das Kind, wird Dich Steffi le-

benslang hassen. Ich verstehe Dich nicht. Ich habe sechs Kinder. Sie sind für mich und meine Frauen der Sonnenschein des Lebens."
„Wie schön für Dich."
„Es ist nur ein kleiner Schritt, einen Fötus, ein Kind oder einen erwachsenen Menschen zu töten. Gründe dafür lassen sich immer ausdenken. Es zu tun setzt Mordbereitschaft voraus."
„Na und? Es dient einer gerechten Sache. Gott ist mit uns."
Bernd zuckte mit den Schultern und stellte mit einer wegwerfenden Bewegung höhnisch fest: „Ist das etwas Ungewöhnliches?" Er grinste und bleckte dabei mit den Zähnen. „Ich stelle mir vor, wie die beiden Alten den Brei verschlingen, sich vor Schmerzen krümmen, kotzen, halbtot ins Krankenhaus gefahren werden und um ihr Leben bangen. Ich kenne das, wenn man von allen Seiten bedroht wird, Todesängste aussteht, um Hilfe fleht, aber kein Mensch glaubt es. Es ist, als ob eine Kralle aus dem Dunkeln nach dir greift, aber man schüttelt nur den Kopf, nickt freundlich

oder redet auf mich ein, dass ich mir alles nur einbilde. Die Alten sind bestraft worden – nicht von mir, sondern von einer höheren Macht und von ihrer Gier."

„Gifti, ich möchte es eigentlich nicht aussprechen, es ist versuchter Mord, Mord... Mord.... Verstehst Du?"
„Was soll ich verstehen?"
„Ich will es Dir erklären. Du sagst, es gibt keinen Gott, der den Menschen erschaffen hat und ihm auferlegt, nach seinen Geboten zu handeln. Also nicht zu lügen, zu stehlen, zu töten, zu begehren und so fort. Nehmen wir an, es gibt keinen Gott. Ist dann alles erlaubt? Der Mensch hat sich nicht selbst erschaffen, er wird ohne sein Zutun in die Welt gestellt. Er ist ein Niemand, ein Nichts. Aber er existiert. Er lebt und in der Folge seiner Existenz wird er im Zusammenspiel von seinen potentiellen Fähigkeiten und der Umwelt das, wozu er sich macht. Er ist verantwortlich für das, was er ist. Er kann das Böse wählen, er kann das Gute wählen. Es gibt für ihn keine Vorherbestimmung und keine Vorseh-

ung. Er ist frei, noch besser: Der Mensch ist verurteilt, frei zu sein. Deshalb gibt es keine Entschuldigung für ihn für das, was er tut. Keine Leidenschaft, keine Qual, keine Not rechtfertigt verletzendes, schädigendes, amoralisches Verhalten. Bernd, Du musst Dich selbst finden. Mit Gott oder ohne Gott. Oder willst Du ein Mörder sein?"
„Bernd höhnte:
„Willst Du mir nochmals eine Predigt halten?"
„Ja, ich will. Du liebst Steffi und willst sie nicht verlieren. Du hasst sie aber auch, weil sie Dich verschmäht hat. Und machst dafür nicht Dich, sondern das Kind zum Schuldigen. Sein Tod soll Steffi bestrafen und zwingen, Dich weiterhin zu lieben. Als Sklavin, als Liebesdienerin, weil Du Dich bislang mit keinem Menschen vereinen konntest. Welch Widerspruch, welch irrwitziger Wahnsinn!"
Fred erhob sich von seinem Stuhl, Bernd blieb sitzen. In seinen Augen flackerten Lichter und mit einem unbeschreiblich grässlichen Lächeln wiederholte er:

„Selbst wenn es so ist - na und?"
Nach einer Weile ergänzte er mit boshaftem Unterton:
„Du selbst bist ein Lotterbube, Windbeutel, Betrüger, Dieb, Heiratsschwindler und wer weiß was noch. Und ausgerechnet Du willst mir Moral beibringen?"
Fred antwortete nicht und schritt in der Zelle auf und ab. In ihm brodelte es und wirbelte seinen Verstand durcheinander. Gedanken und Vorstellungen flimmerten auf, flüchtig, nicht fassbar, nicht wirklich. Seine Lebensanschauung hieß eigentlich Unbekümmertheit und dennoch war er begnadet, intuitiv Gefühle und Verhalten anderer Personen zu erkennen, zu verstehen und nachzuempfinden. Er begriff, dass Bernd nicht zu belehren, zu warnen und von seinen Absichten abzubringen war. Eigentlich sollte ihm Bernd leid tun mit seiner Verrücktheit. Aber nein. Die Grabeskälte, Bösartigkeit und Abgestumpftheit von Bernd Menschen gegenüber bemächtigte sich seiner echohaft, erstickte seine guten Gefühle und riefen einen ungewollten Nachhall bei ihm hervor. Es war

das Stimmungsbild, dass der Himmel einstürzt, das Licht erlöscht und die Erde stille steht. Das Bild des kleinen und toten Salomo, den seine verzweifelte, von Leid und Qual aufgewühlte Mutter Elfi anklagend an sich gepresst hatte, wurde in ihm wieder lebendig. Nicht bewusst, nicht durchdacht, nicht reflektiert. Es war ein Bild, dass sich in seine Seele eingebrannt, mit den Jahren seine Prägnanz verloren und doch seine Wirksamkeit behalten hatte. Die Zeit heilt eben nicht alle Wunden, wie es im Volksmund heißt, die geschlagenen Wunden gären im Unbewussten fort. Er wurde in diesem Moment vom Gefühl des Mitleidenden und Verteidigers des Rechts auf Leben für ein Kind ergriffen, das er nicht kannte. Sein Gefühl war leidenschaftlich und kam aus der unbewussten Tiefe seiner Seele und ergriff in Gänze von ihm Besitz. Er redete sich in Rage:

„Bernd, Du machst Dich mit jenen Menschen gemein, die in der Öffentlichkeit den Holocaust verdammen, den Tod von Kindern durch Waffen anprangern und ihren Hungertod beklagen und gleichzeitig das tausendfache Töten von Nichtgeborenen in unserem Land bejahen. Sie verharmlosen es als Abtreibung oder Schwangerschaftsabbruch und meinen Abtötung. Es sind nicht Unmenschen, die den werdenden Menschen im Mutterleib zerstückeln und im Verbrennungsofen entsorgen, es sind Menschen, die wie Du sich zur Liebe, Menschlichkeit und Humanität bekennen, Ärzte. Richter, Politiker, Arbeiter, Christen. Sie haben Gott verlassen und sich dem Satan angedient, sind überzeugt, gut zu sein und richtig zu handeln und sind doch böse und handeln falsch. So wie Du. Sie alle haben das Gefühl für das Grausame und Abscheuliche, das sie Wehrlosen, Hilflosen und Schutzbedürftigen antun, verloren. Sie bescheinigen sich ein reines Gewissen, verdrängen ihre Verlogenheit und halten Lust statt Pflicht, Vergnügen statt Verantwortung für eine Tugend. Das Menschenopfer ist der Tauschwert für materielles Wohlergehen. Sie billigen sich das Recht zu, mit fadenscheinigen Gründen den eventuellen

künftigen Jesus, Mohammed oder Moses töten zu dürfen. Bernd, willst Du ein so Verdammter sein?"
Bernd lachte laut auf und wiederholte stereotyp:
„Was ist dabei, was? Es ist halt so. Na und?"
Das Urmotiv seiner aufsteigenden Gefühlswallung bedachte Fred nicht. Er war dazu auch nicht mehr fähig. Es war seine innere Empörung gegen das ergangene Gottesurteil über seinen erstgeborenen, unschuldigen und früh hinweg gerafften Sohn Salomo, den er mit solcher Innigkeit geliebt hatte, wie er es bis dahin für keinen anderen Menschen empfunden hatte. Der Tod des Kindes hatte ihn für das Sterbensthema sensibilisiert. Er konnte die Äußerungen von Bernd nicht annehmen und verarbeiten, er empfand in diesem Moment nur aggressiven Ekel und Widerwillen für diese Person.
„Es ist kein Mensch, er ist ein reißendes Tier ohne Gefühl und ohne Verstand. Uns verbindet nichts, er ist ein anderer."
Wut und Zorn schwollen zu einem Orkan

an, der ihm alle Besonnenheit nahm. Das Blut stieg ihm zu Kopfe, er merkte, wie es dunkel vor seinen Augen wurde und entdeckte plötzlich vor sich einen Menschen als Unmenschen, das personifizierte Böse, bedrohlich und beängstigend wie der Alp in seinen Kindheitsträumen. Seine Gedanken engten sich ein, ergriffen von ihm Besitz, waren zusammenhanglos und sprunghaft:
„Er leidet an einem Tötungswahn, er ist zu jeder Grausamkeit fähig, unbarmherzig und kaltblütig. Ich muss ihn abhalten, ich muss das Kind retten. Eine dämonische Macht lenkt ihn. Er vernichtet das Unantastbare, das Heilige, das Leben und überschreitet damit eine seit Menschengedenken bestehende Norm... Es ist besser, wenn dieses Monster stirbt als das Kind. Aber was tun, um das Kind vor diesem Ungeheuer zu schützen? Was tun?"
Seine Augen waren aufgerissen, sein Gesicht war erbleicht, sein Herz raste. Mit einem Schlag durchzuckte es ihn:
„Er soll an seiner Verworfenheit ersticken und sein Tun nicht mehr mit einem gleich-

gültigen "Na und?" von sich wälzen."
Sein Blick fiel auf sein Radio. Einem plötzlichen Impuls folgend, riss er ruckartig das Kabel des Radios aus der Steckdose, sprang zum Bernd, der ahnungslos und selbstzufrieden sich eine Zigarette drehte und schleuderte ihm mit Schwung das Kabel über den Kopf um den Hals. Dann zog er mit bei den Händen und mit aller Kraft die Schlinge zu. Bernd wehrte sich gegen die unvermutete Attacke und kämpfte verbissen um sein Leben. Sein Körper bäumte sich auf, er versuchte, das Seil mit den Händen zu lockern und sich auf die Erde zu winden. Sein Kopf pendelte hin und her, seine Beine strampelten wild, seine Augen verdrehten sich und traten aus ihrer Höhle, seiner Kehle entrang sich ein Röcheln. Nach vier Minuten sackte er in sich zusammen, kam auf den Fußboden zu liegen, krampfte kurz und war dann ganz still. Fred war außer Atem, Leichenblässe überzog sein Gesicht. Er betrachtete das bläuliche Antlitz, den geöffneten Mund und die seelenlos erstarrten Augen von Bernd. Er bekreuzigte sich, schleppte den Leichnam

in dessen Bett und bedeckte ihn mit einem Tuch. Er ließ sich in einen Stuhl fallen. Minutenlang verharrte er im Gefühl der Leere des Nachher. Er keuchte, sein Körper bebte, er stierte zum Toten. Dann begannen seine Gedanken durcheinander zu wirbeln. Ihn ergriffen Verzweiflung und Entsetzen über sich.
Er führte einen Dialog mit sich, der nicht enden wollte, zäh und sich wiederholend und ohne Ergebnis war:
„Ich wurde erzogen, besonnen zu sein. Ich wurde erzogen, ein ordentlicher Mensch zu sein. Ich wurde erzogen, keinen Menschen zu schaden. Und bin weder das eine noch das andere geworden. Ich habe bedenkenlos getötet ohne zu zaudern. Wie ein wildes Tier. Was lebt in mir? Er hat im Wahn getötet und wollte weiter morden. Nüchtern und überlegt, als wäre der Wahn nur vorgetäuscht. So haben es die hohen Herren wohl auch gesehen, die über ihn zu Gericht saßen. Und ich? Ich habe erkannt, dass er irr in seinem Denken ist. Handelte ich aus der Notwendigkeit, Leben zu retten? Nein, wer kann schon sehen,

was geschehen wird. Und es war auch nicht geschehen, das Kind lebt. Ich tat es, weil ich das verborgene Böse in mir, meinen unterdrückten Hass, meine Untaten, mein eigenes Fehlstehen erschlagen wollte. Er war mein Kontrahent, mein Ich, das ich verdrängt und als nicht existent mir eingeredet habe. Ich habe mich mit der Tat selbst erlöst, wollte dem Tod in den Arm fallen, wollte gut sein, fühlte mich moralisch überlegen, vollkommen, tugendhaft und gerecht. Und habe mich in diese Rolle hinein gesteigert und ihm das Schlimmste zugewiesen, das Satanische, das Böse, das Unmenschliche, das den Totschlag rechtfertigt. Das Böse ist tot, doch ich, der nicht minder Böse, lebt weiter in der Überheblichkeit. Ich habe gerichtet und hoffe, nicht nach meinem Maßstab gerichtet zu werden. Sein Tod ist irreparabel und das weltliche Urteil, das mich erwartet, wird im Grabe der Zeit verwesen. Ich aber muss mit der schwersten aller Sünden mein Ende erwarten. Doch wie? Ich habe Angst vor dem zukünftigen Leben und fürchte mich auch vor dem Tod. Ich

habe nicht den Mut, mir das Leben zu nehmen und doch ist es die einzig ethisch rechtfertigende Absage an mein frevelhaftes Tun, die ich aufbringen müsste!"
Drei Stunden lang ging Fred in seiner Zelle auf und ab und rang mit sich. Er band das Kabel zweimal um die Gitterstäbe des Fensters, wickelte und knotete es um seinen Hals und stellte sich auf einen Stuhl. Und brachte es nicht fertig, den Stuhl von sich zu stoßen. Was hielt ihn davon ab? In der Schwärze des gelebten Augenblicks fielen ihm die Worte des Anstaltspfarrers über die Liebe ein. Er wiederholte sie, durchdachte sie und meinte, ein heller Tag breche an und tauche die Welt in ein neues Licht. Es war der Gedanke, der nicht von Rost und Motten gefressen, nicht von Erde zugeschüttet und mit lockeren Redensarten als hirnrissig gestempelt wird, sondern das Mysterium, das ihn in seiner Schlichtheit und Tiefe überwältigte. Er sprach es laut und immer wieder vor sich hin:
„Ich habe ihn nicht geduldig angenommen, mich ihm nicht verstehend zugeneigt

und seine Nöte nicht aussprechen lassen. Stattdessen habe ich ihn belehrt, obwohl ich erkannt hatte, dass er eine vereinsamte Seele ist. Ich wollte ihm helfen, sicher, aber vergaß, dass ich mir selber nicht helfen kann und gerierte mich als sein Lehrmeister. Wahrhaftig zu leben ist nur möglich, wenn wir in der Liebe leben, verzeihen und verstehen. Das ist die Wahrheit und der Sinn unseres Lebens. Liebe ist nicht gebunden an die Zeit, es wirkt über alle Zeiten hinaus und erfasst alle Geschöpfe. Wo dieses Gut verloren geht und der Dämon, anderen moralisch, rassisch, intellektuell oder sonst wie überlegen zu sein, die Herrschaft übernimmt, baut sich ein Bewusstseinszustand auf, die den Einzelnen in eine feindselige, hasserfüllte und menschenverachtende Geisteswelt stößt, in den Kannibalismus vergangener Zeiten Allmächtiger, lehre mich, in Demut wahrhaftig zu leben und zu lieben."
Fred setzte sich an den Tisch und schrieb nach langen Stunden der Besinnung mit flatternden Händen zwei gleichlautende Briefe an seine beiden Frauen:

„Meine Geliebte!
Ich habe getan, was ich niemals tun wollte. Ich habe einen Menschen getötet, einen Mörder und künfigen Kindesmörder, wie er mir glaubhaft versicherte. Ich bin nicht besser als er und weiß, dass Du und die Kinder meine Schuld mit tragen müssen. Vergebt mir. Dunkelheit umnachtet mich, ich wache auf und bin allein und verlassen. Die Angst vor der Strafe lässt mich verzweifeln, ich rufe in meiner Not nach Dir, doch mein Hilfeschrei verhallt im leeren Raum. Ich werde Dich und die Kinder wohl nicht mehr sehen. Es ist eine Art von Tod, von Euch getrennt zu sein. Und dennoch bin ich voller Dankbarkeit gegenüber dem Leben. Unser Pfarrer hat gesagt, wahrhaft zu leben und zu lieben sind eins. Wer nicht das eine hat, hat nicht das andere und alles ist eitel und vergeblich. Wie oft war ich stumm vor Glück beim Anblick der Kinder und von Dir und habe es Dir nicht gesagt. Nun schreibe ich es Dir. Keinem danke ich mehr als Dir, keinen liebe ich mehr als Dich. Und das soll mein zukünftiges Leben sein...."
Fred betätigte nach den Briefen die Rufan-

lage. Er hörte die Schritte von zwei Bediensteten. Ein Beamter öffnete die Türklappe und fragte: „Was gibt es? Die Ablösung ist noch nicht da."
Fred sagte mit ruhiger und fester Stimme: „Ich bin ein Mörder. Ich habe vor etwa vier Stunden den Bernd getötet... Er liegt dort."
Die Beamten alarmierten die Wache, schlossen nach deren Eintreffen die Zellentür auf und überzeugten sich von der Richtigkeit der Selbstbeschuldigung von Fred. Fred wurde abgeführt und isoliert. Ein Beamter ließ sich beim Abtransport des Leichnams zu der Feststellung hinreißen:
„Ja, so sieht das Ende eines allzu menschlichen Unmenschen aus."
Noch am Nachmittag des Tattages wurde Fred von zwei Kriminalbeamten verhört. Nach seiner Belehrung über die Rechte eines Beschuldigten erklärte Fred ruhig und beherrscht, er wolle zum Tatgeschehen aussagen, soweit er sich daran erinnere.
„Ich bin schuldig, aber ich wollte nicht töten."
„Dann schildern Sie uns doch bitte, wie

es zur Tat gekommen ist!"

„Ich kam vom Kirchgang zurück und genehmigte mir einen Joint. Ich war locker drauf und habe Bernd überredet, welches Ding er gedreht hat. Er war sonst immer sehr schweigsam und hat nie etwas von sich erzählt. Aber wir haben uns verstanden und hatten nie Streit miteinander. Er druckste zunächst herum, dann gab er mir sein Urteil zu lesen. Es entsetzte mich. Ich machte ihm Vorwürfe und so kamen wir ins Gespräch. Er redete wirres Zeug und ich habe manches nicht verstanden, was er mir erklärte. Ich habe nur mitbekommen, dass er eine Frau liebt, eine Steffi, die ihn betrogen und ein Kind von einem anderen Mann geboren hat. Sie hat ihn verlassen und er glaubt nun, dass das Kind daran schuld ist. Wenn er das Kind umbringt, kehrt sie zu ihm zurück. Er hat ihr für das Kind vergiftete Kindernahrung geschickt in der Erwartung, dass sie ihr eigenes Kind damit füttert und es unwissentlich tötet. Sein Plan ist nicht aufgegangen. Die Schwester seiner Frau hat den Kinderbrei angerührt und gegessen und ist daran verstorben. Bernd hat mir mehrfach beteuert, dass er an seinem Tötungsvorhaben festhält. Er hat eine Mission zu erfüllen. Wenn er entlassen wird, wird er nachholen, was ihm misslungen ist. Er wird das Kind töten, damit seine Liebe retten und die Welt vom Fluch der bösen Geister befreien. Ich habe mit Engelszungen auf ihn eingeredet und versucht, ihn von seinen verrückten Gedanken abzubringen. Auf meine Vorhalte reagierte er nur mit Hohn und Spott. Seine Uneinsichtigkeit, Unbelehrbarkeit und Gefühlskälte haben mich zur Weißglut gebracht. Ich habe ihn mit einem Radiokabel erdrosselt."

„Können Sie uns den Ablauf des Tatgeschehens schildern?"

„Ich weiß es selbst nicht mehr so genau. Ich war irgendwie nicht mehr ich. Alles lief sehr schnell ab und dann wieder langsam, nein, in Sprüngen. Ich erinnere mich, dass ich ihm vorgehalten habe, dass er die Mentalität eines Mörders hat. Da lachte er und sagte na und. So im Sinne, was ist schon dabei. Oder so ähnlich. Da bin ich durchgedreht. Alles lief mechanisch ab. Ich habe gehandelt und mir wie in einem Film zugeschaut. Ich hörte mich schreien, du Schwein, ich habe ihn strampeln gesehen, aber ich kann nicht sagen, ob er gesessen oder gestanden hat oder ob ich ihn durch die Zelle geschleift habe. Ich weiß nicht, wie er ins Bett gekommen ist, ich habe es vergessen. Es gibt schreckliche Bilder, die sich mir eingeprägt haben. Eine Hand, losgelöst vom Körper, griff nach einem Aschenbecher. Die Finger krallten sich in die Tischplatte, zuckten wild und erreichten nicht ihr Ziel. Das dauerte Minuten, ich schaute zu und dachte, es sind die Fänge einer Krake. Sie schnappt nach mir. Irgendwann stand ich an die Wand gelehnt... Ich zitterte, hatte Luftnot und Schwindelgefühle. Ich fühlte mich leer und ausgelaugt und stückchenweise kam das Wissen, was geschehen war. Damit das Entsetzen, Schuldgefühle und der Drang, mich selbst töten zu müssen. Dazu fehlte mir der Mut."

Das Schwurgericht verurteilte Fred wegen Totschlags und einer weiteren Straftat, die

er in Freiheit begangen hatte, zu einer Gesamtfreiheitsstrafe von 15 Jahren. Das Gericht stellte in seiner Urteilsbegründung bei Inkaufnahme des Verlustes an Wahrheit fest, dass Fred eine umfassende Tatschilderung abgegeben habe. Er habe Kinder sehr gern, „die verächtlichen Äußerungen des Bernd hätten ihn derart erregt, dass er die Beherrschung verloren hätte.... Er will keine durchgehende Erinnerung mehr haben. Er beruft sich darauf, dass ihn Bernd dermaßen gereizt habe, dass er sich kurzschlüssig zu der Tat habe hinreißen lassen. Er bereue sein Tun....
In diesem Falle bezweifelt die Kammer die von dem Angeklagten behaupteten Erinnerungslücken...
Der Angeklagte ist voll schuldfähig...
Das Tötungsdelikt war sicherlich von Affekten getragen, doch ist eine affektiv bedingte tiefgreifende Bewußtseinsstörung von erheblichen Ausmaßen auszuschließen."

Nach zwölf Jahren wurde Fred aus der Strafhaft bedingt entlassen, weil von ihm in Zukunft in Freiheit keine schweren Straftaten mehr zu erwarten seien.

Bisher sind vom Autor erschienen:

Siegfried Binder
Legenden um die Liebe
2014 Verlag: edition Fischer
ISBN 978-3-86455-928-0

Siegfried Binder
Leidenschaft schafft Leidenschaft
2015 Verlag: BoD, Norderstedt
ISBN 3-734761-300

Siegfried Binder
Bilki – Geschichten von dem afrikanischen Mädchen Bilki
2015 Verlag: BoD, Norderstedt

Siegfried Binder
Judiths Tränen
2016 Verlag: BoD, Norderstedt
ISBN 978-374-12269-15

Siegfried Binder
Wege durch die Finsternis
2016 Verlag: BoD Norderstedt
ISBN 978-3-7392-3900 –2

Siegfried Binder
Gefangen im Netz der Macht
2018 Verlag: twentysix Verlagsgruppe
Random House
ISBN 978-3-7407-3048-2

Siegfried Binder
Tödliche Gifte
2018 Verlag: twentysix
Verlagsgruppe Random House
ISBN 978-3-7407-4422-9

Siegfried Binder
Die Geburt der Zukunft
2019 Verlag: twentysix Verlagsgruppe
Random House